阅美文

空山寂语

赵武明 著

西苑出版社

图书在版编目（CIP）数据

空山寂语 / 赵武明著 . —北京：西苑出版社，2018.12

ISBN 978-7-5151-0677-9

Ⅰ. ①空… Ⅱ. ①赵… Ⅲ. ①散文集－中国－当代 Ⅳ. ① I267

中国版本图书馆 CIP 数据核字（2018）第 289953 号

空山寂语

KONG SHAN JI YU

出品人　赵　晖
责任编辑　汪　莉
特约策划　凌　翔
责任印刷　陈爱华　严令升
责任校对　刘娟娟
封面设计　戴　敏
出版发行　西苑出版社 XIYUAN PUBLISHING HOUSE
通讯地址　北京市朝阳区和平街 11 区 37 号楼　邮政编码：100013
电　　话　010-88636419　传真：010-84281520
　　　　　E-mail：xiyuanpub@163.com
印　　刷　三河市金元印装有限公司
经　　销　全国新华书店
开　　本　710mm × 1000mm　1/16
字　　数　160 千字
印　　张　12.75
版　　次　2019 年 3 月第 1 版
印　　次　2019 年 3 月第 1 次印刷
书　　号　ISBN 978-7-5151-0677-9
定　　价　49.80 元

序

散文写什么？无非是写所见、所历、所闻、所思。所谓见历闻思，在通常的理解中，当然只能是亲见、亲历、亲闻、亲思了。所持理由似乎是通顺的：所有人的所有生活只能是亲自生活，所有人的所有思考都只能是亲自思考。可也不尽然。我们生活的时代，真的达到了先前所幻想的那种——“秀才不出门，便知天下事”的境界，以他人之见为己见，以他人之历为亲历，以“度娘”资讯为写作素材，搬运经典以代替自己之思考，再加上鲁迅先生所说的那种“略工感慨”之折冲樽俎机巧，敷陈其所见，矫饰其所历，罗列其所闻，恍惚其所思。如此，一篇煞有介事的文字便堂而皇之以散文的名目出笼了。此类散文，充斥于当下各种媒介。有的，还可博得不菲声名。

散文本来是大智慧、大怀抱、大才思的文字，无关乎写什么，更无关乎篇幅之大小，家国天下、幽独玄机、街谈巷议、杯水风波等，世间万事无不可出入于散文者。但同样写一样素材，如椽巨笔可以造就出醒世醒人之巨制短章，气象狭小者，做到抒情表意就算不错了。当然，这是站在散文史上对理想散文的理想期盼，而身在散文的写作现场，却尽可以把散文的姿态放低一些。说到底，散文就是一种写作文体，就是一种写作者对外在世界和内心情怀的表达方式。在这里，真实可感，也许不仅是对散文的道德化要求，其实，也是受众对散文下达的一种审美戒律。大约是在相当纷乱、因纷乱而显得虚幻的现实生活中，人们身处生活乃至深陷生活的泥淖，往往看不懂生活，迷失于生活，至于生活的意义，更是常常处在黄鹤杳然中。这就需要真实可感的散文，来唤回、来激活、来昭示，来提升生活真实可感的品质。

赵武明的散文便可作如是观。

如果不被认为是迫切归因的话，赵武明的人生履历，便是一篇真实可感的散文。年少生长于河西走廊绿洲农村，青年时奔赴名牌大学就读新闻系，然后寄身于都市晚报，整日奔波于都市乡村，采摘社情民意，为社会沟通信息。这一来，就是二十多年，由青年到中年。赵武明写散文，有一个近水楼台的益处，就是始终站在时代前沿，踊身抵近生活现场，掠取那些足以成为新闻的信息。职业角色扮演结束，回到私人场所，从那些活跃的、粗糙的、未经时间淘洗的新鲜资讯中，剥去表面的、浮嚣的、应景的、暂时的种种琐屑，提取带有延伸和沉淀价值的元素，予以文学化、思想化，使其衍生于散文这种文体中。这类散文，乍看起来，随意、清浅、淡然，然而也正因为如此，水澹澹兮生烟，何尝又不是一种引人入胜呢？有了生动鲜活的材料，再赋之以相应的感情和文采，一篇篇美文，于是便如一滴滴负载着春日朝阳的露珠，诞生于赵武明的笔下。

通览赵武明的散文，按照题材，分为五辑：苍茫天地间、心自声远处、尽在不言中、岁月觅知味、灵犀一点通，正好构成了赵武明人生履历行与思的基本框架。在行中，笔墨主要集中在兰州和河西走廊；在思中，则是从生存的遭际中生发感悟。其实，我宁愿认为，分辑只是为了排印和阅读的清晰，五大辑所凝集起来的意蕴，都时时浮现在一个主旨上，即且向时光敬杯酒。

是为序。

马步升

戊戌年立夏日于兰州

目　录

第四辑　岁月觅知味

第五辑　灵犀一点通

第一辑　苍茫天地间

大河之上

一座城市被一条大河截成两半，河居其间，城曰兰州，河谓黄河。北岸白塔耸立，诵经声萦绕；南岸兰山挺拔，攀登者问天。

日落之时，伫立河畔，城市和大河在夕阳中愈加灿烂。一只鸟从河面掠过，遽然影逝。唯有鸟鸣声临过山顶的松柏，掠过夜露浸湿的青苔，栖息于河面冉冉白雾之上。

远处，一轮明月逐渐上升。在黛色山巅之间，初露如拱。月色清辉，乳光寂静。仿佛那弯拱月之后，还隐藏着一个纯洁的世界，令人神往。

兰州的“兰”字，特别美。尤其是繁体字的“蘭”，好像有香气似的，吸引着您不得不来，让您匆忙的脚步不得不驻留。

兰州是古丝绸之路上的重镇。早在五千年前，人类就在这里繁衍生息。西汉设立县治，取“金城汤池”之意而称金城。隋初改置兰州总管府，始称兰州。自汉至唐宋时期，随着丝绸之路的开通，出现了丝绸西去、天马东来的盛况，兰州逐渐成为丝绸之路重要的交通要道和商埠重镇、联系西域少数民族的重要都会和纽带，在沟通和促进中西经济文化交流中发挥了重要作用。

夕光和月辉交替洗礼过的黄河静静流淌，以最温柔、最纯洁、最宁静的神态赋予母亲河宽容博大的情怀。此岸彼岸，尘间烟火与愉悦人生，均因河生。生命就像一条河，左岸是无法忘却的隐隐忧伤，右岸是值得把握的熠熠年华。中间飞快流淌的，是成长中最美好的记忆。

这时的黄河，没有了旖旎，没有了绚烂，唯有静静流淌，可她并不是萧索寂寞的，更添了一种别样的味道……唯有黄河静流，才有如此的淡定，才敢有素面朝天的勇气。

因黄河穿城而过，兰州便成为一座有灵性的城市。不但有山，而且有水，山水相依，水山为邻，行走其间，记忆便更加丰盈。行走在这座城市，匆匆的步履中有一些情愫会束缚着奔跑的脚步，让你在温柔和伟岸中寻找一些温情和守护；让你在古朴和现实中捕捉一些真实和美好；让你在厚重和变幻中留驻一些温馨和记忆。登上皋兰山或白塔山暂时忘却一切，极目远眺时心旷神怡；坐在黄河岸畔看波光粼粼，听涛声阵阵，瞬间压抑的心情或许会舒展，眼前顿时豁然开朗。

暮色萦绕着两山上苍翠的松柏，郁郁葱葱的叶尖上，挂着璀璨的光亮。风吹时，枝叶涌动，那些奇异的光芒也跟着闪烁不定。夜色迷人，喧嚣之后便是沉寂。

黄河东流，逝者如斯！

羊皮筏上，花儿漫唱。

霓虹闪烁，城市律动。风和人依然没有分清方向，也没有握手言和。风随着意思吹，人随着河水流。凝视黄河，只要轻轻一想，就能触摸到梦境的地方；只要来过一次，灵魂便能从此安顿。大河之上，俯仰厚地高天，意境苍苍茫茫。

瞧！滨河路上的垂柳，在朝阳中，被身边的游人萌动了，也忍不住探出了头，扭动腰肢，绽放生机。惬意的人们，沐浴在暖阳中，倚在桥栏边，或拍照或观景。远处传来高亢的秦腔，向人们炫耀这个城市依然热闹！

蓦然，河面上三两只水鸟恣意飞翔，或高或低或掠过水面。夜晚的黄河如丝带，间或潋滟，水天一色，旋进人的心里，泛起层层碧波。还有水鸭，先知水暖，嬉戏相逐。

长桥卧波，壮美怡人。天堑变通途，幸福两岸人。桥梁成为一条丝带，飘曳在黄河上，美不胜收！一座座黄河大桥崛起，拉近了城市南北的距离。

兰州，是徘徊在心间最温暖的一个词，她可以给你力量，还是你疲惫心灵休憩的最佳港湾。兰州，是心头挥之不去的记忆，在行进的日子，她记录着你的喜怒哀乐，让你欲罢不能。人间万象，有人生命艰苦，一旦融于兰州，便也知足。有人生命绚烂，终究归于宁静。齐全的和谐归于一身，完整的悦美均匀通体。兰州是人性的方舟，黄河是心灵的家园。在这座充满人性的城市，你可以找到精神的皈依。坐拥大河之上的金城，日新月异，让游客刮目相看，流连忘返。

大河之上，城市突飞猛进。行走在大河旁，顺着水流，一路向东。欲语凝噎时，那花兀自开，俏丽枝头。可是斑驳的枝叶，倏然让大河两岸灵动起来！所有的日子都那么值得期待，所有的过往也都融化在朝霞中，透着明艳的光。栖居在黄河边的人们过着诗意的生活。

奔流的黄河，九曲十八弯，聚集起许多细流，合成一股有力的洪涛，向东一路奔去。穿过了悬崖峭壁，冲倒了层沙积土，裹挟着滚滚的沙石，快乐勇敢地疾驰。遇到巉岩前阻，愤激奔腾；经过细软的平沙，鲜艳芳草，静静地流着，低低地吟唱着，轻轻地越过；遇到暴风雨，心魂惊骇，暂时混浊了，扰乱了。风平浪静后，增添了新生力量；遇到晚霞和新月，交相辉映。投影中，清冷中带些幽幽的温暖；勇往直前，浪花簇拥着一路向东……终于，有一天远远地望见了大海，相拥相依，多么辽阔，多么壮观，多么光明！大海热情地伸出臂膀接纳，羞涩的黄河最终流入。海纳百川，归化了，一切平静而坦然。人生何尝不是？居住在两岸的居民，穿梭着奔波自己的日子，装点生活，幸福的笑颜映在黄河这面大镜子上！

大河经流，万物葳蕤，一个个明媚的日子正在阔步而来！生命的大河经流不息，浩浩荡荡，一路向东。流走的是岁月，流不走的是记忆和故事。

水车悠悠，吟唱着古老的歌谣；古镇酽酽，记载着久远的历史；黄河滔滔，流淌着无尽的岁月。民居古屋，风情万种，慧心独具；水车之都，赏心悦目。

大河东流，万马奔腾，不舍昼夜。

大河之上，兰州焕发着向上的气息！

丝路驼铃

册页打开，册页合上。

时间更迭，空间拓展。

唯有记忆是真实的存在。

一群人，一段路，一道道历史的背影。

长河落日，大漠孤烟。驼铃声声，朔风阵阵。戈壁深处，风疾雪骤。

两千多年前，北方古丝绸之路上，驼铃叮当，商队连绵，大漠漫漫，关山险阻，东起长安，西至罗马。

两千多年前，当西汉王朝完成统一时，西域匈奴部落也在漠北崛起，从此匈奴与汉朝的战争连年不断。等到汉武帝刘彻继位时，汉朝已是空前繁荣，决定联合匈奴的仇敌——月氏，对匈奴进行东西制衡。

月氏王国距离汉朝首都长安的直线距离就有三千余公里，当时汉朝西边势力只到金城（即今天的甘肃兰州）。根据传说，西域犹如死亡之地，有去无回。著名学者柏杨先生是这样描述的："西域是无边无涯的沙漠，暴风时起，天翻地覆，光天化日之下，处处鬼哭狼嚎。又有寸草不生的咸水，举目荒凉，上不见飞鸟，下不见走兽，往往一个月不见人烟。也没有正式道路，行旅只有沿着前人死在途中的枯骨摸索前进，那是一个恐怖而陌生的地方。”可想而知，出使西域要有非凡的勇气、智慧与理想追求。张骞就是这样的人，不辱使命终于蹚出了一条古道。

历史仿佛就在那刻定格。公元前 138 年，张骞和他的使节团从长安出发，进入河西走廊后不久就被俘了。匈奴军臣单于对汉朝同月氏结交非常不满，将使节团软禁，不过又敬重他们是英雄人物，允许他们娶妻生子。十年之后，不忘使命的张骞找到机会，带领随从逃离匈奴，抵达大宛，后辗转到月氏。但是，月氏已变得非常富有，加上首领已更迭几代，对张骞的建议不予理会。张骞只得失望而归，归途中又被匈奴骑兵捉住。公元前 126 年，张骞再度逃走。出使时一百多人，回到长安只剩两人——张骞与他的仆人甘父。公元前 116 年，张骞第二次出使西域。匈奴首领已在四年前投降，汉朝可直接和西域接触。张骞这次把部下分派到西域诸国，大大加强了与西域的和平友好往来，以及商贸、文化交流。

向西，向西，一路向西。张骞肩负和平使命，两次出使中亚，开辟出一条横贯东西、融通欧亚的丝绸之路。丝绸之路以其连接的文明形态之多、跨越历史时期之长而光耀人类文明的史册。张骞率先打通西域之后，历经几代人经营，一条东起长安，途经河西走廊、西域，西至地中海沿岸的商贸通道建立起来了，总长约七千公里。这是一条承载政治、经济、文化交流的和平之路，繁荣了一千七百多年。1877 年，德国历史地理学家希特霍芬将其命名为“丝绸之路”，因为丝绸是这条商路上最有代表性的商品。司马迁将张骞出使西域的壮举称之为“凿空”。何谓凿空呢？盘古开天地即是凿空，由此可见，此事在司马迁心中的地位。柏杨先生认为，张骞的贡献只有一千六百年后哥伦布发现新大陆可以与之相比。

打捞遗失在尘埃中的史册，不难发现丝绸之路在中国历史上，主要分为先秦、汉唐、宋元和明清，跨度两千多年。当然，有考古学家发现，早在公元前15世纪甚至更早时期，古代中国和中亚地区就有商贸往来。

风起祁连映尘路，沙吞古驿傲胡杨。公元609年6月，隋炀帝御驾亲临张掖，登山丹境内的焉支山，参禅天地，接见西域二十七国使臣，史称“万国博览会”。据史书记载，道路两旁焚香奏乐、歌舞噪喧，数万名穿着鲜艳服装的侍女夹道欢呼，车辆人群连绵数十里。

连绵万里的丝绸古道，记载着千年沧海桑田。北方沙漠绿洲丝路分为东段、中段和西段。东段指长安至敦煌，在长安以西又分为北线、中线、南线，三线会合后经张掖、酒泉、瓜州到敦煌。中段指敦煌到葱岭（帕米尔高原），不同的路段有南北线之分，而南北线又有多条岔道。西段指葱岭到古罗马，涉及地域最广、国家和民族最多，所以线路比中段还要复杂。由此可以想象，当年使臣、士兵、商人们该有多大的探险精神和追求，才打通了这样的古道。

“使者相望于道，商旅不绝于途。”两千多年来，商品、技术、人才和思想通过丝绸之路互通互鉴实现了充分的交流，沿途各国的经济文化和社会进步由此得到了极大的推动。千百年来，茫茫崎岖路走出了多少跋涉者，他们凭借刚毅、勇敢、智慧，用心和汗水浇灌了一道通往外部世界的生存之路、探险之路和人生之路。

在经历了岁月的更迭后，在翻阅了历史的金戈铁马后，在聆听了无数的丝路驼铃、幽怨羌笛后，站在茫茫戈壁上，你能真切感受到空旷的心境和跋涉的艰辛。

沧海桑田，日新月异。驼铃声声，漫天风沙已成为发黄的相片，驻留在我们的记忆深处。如今的丝绸之路已是另一番繁华景象：油气管道通信设施穿越大漠，公路铁路纵横交错，物流运输夜以继日。一路向西，不再令人胆寒，而是让人神往。同时，“一带一路”建设已让丝绸之路变成一片热土，沿线国家的经济贸易将进行更加深度的发展，其文化将会有更加紧密的融合。丰富的资源和厚重的文化底蕴引人纷至沓来，历史在这里会给一个惊喜！

丝路雄风再起，河西走廊舒展。那隐约的驼铃声和马蹄声，总是像跫音一样响在我们的脑际，响在记忆深处。曾几何时，一个个充满神秘的驿站像珠子一样被古道串联起来，写满了行进者的激情。那一代代孜孜不倦、敢于开拓的行者依然在穿越中行进。

金城品雨

天被戳了个窟窿，阴着脸，挤着泪，时不时还打几个喷嚏。这段日子，金城总是愁云密布，隔三岔五就下起雨来，有时一下就是一整天，淅淅沥沥，好像要淋透人心。像雾似的雨，像雨似的雾，丝丝缕缕缠绵不断。

雨一直下，不那么大，如细密的泪腺，风却有些偏大。风从北吹来，雨就向南斜。在风雨中行走，雨伞用力撑也成斜样，人就有些异样地扭着，腿及半个身子就湿透了。雨中，路上行人并不多，三两个，都用力撑着雨伞，一律异样地扭着，却像是配合风雨节奏的舞者。

我羡慕雨中的甜蜜与浪漫，恋爱时曾努力营造这样的氛围，可惜始终都有勉强的痕迹，自然不起来，毕竟下雨让我忧心忡忡。因为千里之外，父母住的土坯房，雨水不是这儿漏就是那儿漏。在家时，我们还能帮着用盆接，或者爬上房去遮点油毛毡，培些泥土，缓解雨情。父母期待下雨，也害怕下雨。期盼的是庄稼有个好收成，害怕的却是屋漏偏遭连夜雨，房漏地滑，母亲的关节在雨天也不舒服。

如今我也依旧矛盾，盼着下雨，空气清新；也害怕下雨，万一老家也下，父母那年久失修的房子……如此，心里总搁着事。心事重，却总会下雨。一下雨，我就马上打电话，千叮咛万嘱咐让他们不要靠着土坯墙而行。就这样，绵绵阴雨，一点一滴敲打着我的心事，痛击心底。

偶尔闲下来，也会撑把伞到平台上，看雨中咆哮远去的黄河。是的，一下雨，明净的黄河就变得混浊起来，水面不再平静，一浪高过一浪。水位涨了又涨，河边的树木浸在水中，依旧挺拔坚韧。河面上还有罕见的水鸭，或许是淫雨霏霏，气温骤降，去找温暖的栖所了吧！忽然间，一棵树在水的冲刷下倒下了，慢慢地被河水吞噬，又显出来。反复挣扎中，那棵树就随东逝的黄河水远去了！远处，一切都经受着雨水的洗礼，唯有水车转动着岁月的年轮，吱扭吱扭……溅起的水花，缀着一个个湿漉漉的故事。

又下雨了。此刻，几道电闪，一阵滚雷，雨点自云端倏忽而下，穿过渐渐升起的雾霭，落在地面上、楼顶上、水面上及心底。望着窗外的雨帘，密密麻麻。心情也乱如麻，剪不断、理还乱。一只稚嫩的小鸟用力挥舞着翅膀，在雨中飞翔，倏然映入眼帘。它那么渺小，却那么坚韧，竟在暴风雨中独自拼搏。雨不停地下着，我不禁发问，雨中独飞的小鸟啊，你飞向哪里呢？时间停止了，万物都消失了，唯有天边的那块黑幕在无休止地扩散着……

我在努力张望，天地间像挂着无比宽大的珠帘，迷蒙蒙的一片。雨落在黄河水面上，溅起一朵朵水花，像一层薄烟。雨如此不羁，如此自由，也如此纯净，它浇灌着万物，冲刷着大地，洗涤着人们的心灵。花针似的雨丝前赴后继地落在水面，溅起涟漪，绣出数不清的盛放的纯白昙花，短暂而美好。渐渐地，雨喧哗起来，密密麻麻的雨点“滴答滴答”地落下，时而滂沱，时而细柔，奏响了一曲美妙的音乐。不由地暗自惊叹：只有大自然才能如此神奇，创造如此动听的音乐！

兰州的雨，如多情的女子，一会儿急，一会儿缓。兰州的雨，又如西北汉子，说来就来，噼里啪啦；兰州的雨，总是在午后，让人猝不及防。天一会儿暗，一会儿明，潮湿的地面上氤氲，模糊了视线。雨，是自然的精灵，涤荡岁月的尘埃。就是在这样的雨天，午后，我在陋室里，深思、顿悟；也在细雨中行走。冷冷的雨里，寂寞不请自来，穿过肌肤，直抵灵魂深处！它冰凉了指尖，也刺痛内心。抬头看，无际的天空，不知雨会下到何时……然而，我坚信，天不会漏，雨终会停。人世无常，其实，寂寞有时也是最好的心境。青山不老，天籁流韵。一场雨，来了又走了，像匆匆的过客，但又眷恋着金城。有风、有雷电，还有冰雹伴着，兰州的雨别有一番风味！

东边日出西边雨，道是无晴却有晴。雨过天晴，薄雾像轻纱从地面上袅袅升起，无声地暗示着雨水绵里藏针的力量。夕照兰州，金光灿灿。黄河也多了斑斓的色彩，被雨搅乱的心情间或也多了灿烂。夕照金城，更似一幅画。老子曰：“万物芸芸，各归其根，归根曰静，静曰复命。”根是万物生命的来源，回归根才是清净，能静才能归于生命的本质。

天亮了，雨停了！暮霭下的金城又恢复了喧嚣。

山河相依

风吹过，掀起已不能改变的过去，眼前的风景依旧定格在山河之间。兰州就是一座个性十足的城市，山有山的伟岸，如父亲坚实的脊梁；河有河的温柔，似母亲宽阔的胸怀，一切都在流淌，行走的脚步从未停下。

在兰州，我是一个追梦者，多年来生活在临河依山的城市。大自然是心灵的馈赠者，这话一点不为过。看看兰州，南面的皋兰山巍峨挺拔；北面的白塔山满目葱茏，英姿飒爽；身边的黄河浩浩荡荡，一泻千里。

兰州，是黄河唯一穿城而过的城市。中华民族的母亲河在这里流过，构成了一幅美妙的风景。站在黄河第一桥望着滚滚而来的黄河水，激情澎湃，那种气势那种雄浑只有在兰州你才会体验到。傍晚漫步在临河的滨河路，秀美的风景让你置身画中。行走城市，你才能感受城市跳动的脉搏。

雨后登上兰山之巅，仰望苍穹，俯视黄河，鸟瞰市区，碧峰叠翠，远山茫茫，近林葱葱，城市生机勃勃，如日正升，一切胜景尽收眼底，兰州为古金城之屏障，山势不见一石而黄土层叠，为全国城市之罕见。

凭栏怀古，兰州往事知多少。有位南国诗人写道：“明珠一万斛，遍散银河路。圆月在当头，此夕在兰州：这种感悟或许在星夜登兰山更有彻悟。”

登白塔山望皋兰山，似觉此景此情难相宜。两山对峙，间有黄河。山各有性，相得益彰。我总是在不同的心境下去登两座个性迥异的山，为的是让自己更真实些。

兰州，是一座有灵性的城市。不但有山，而且有水，山水相依，水山为邻，行走其间，记忆便更加丰盈。有人用“躺下是河，站起是山”来形容兰州，我觉得恰如其分。是的，正如做人一样躺下是一条河，就要勇往直前；站起是一座山，就要豪气冲天，山有脊来河有谷，正如博大的父爱和慈祥的母爱。头顶着蓝天，身旁是高山和大河，还有什么可畏的？山给你坚毅，河给你壮阔，气馁时看看山，观观河，从中可以得到更多的启迪。也许在你无所适从、无路可走时，坐在黄河岸畔看波光粼粼，听涛声阵阵，心头积郁的阴霾顿时会烟消云散，眼前顿时豁然开朗。

行走在这座城市，在匆匆的步履中有一些情愫会束缚着奔跑的脚步，让你在温柔和伟岸中寻找一些温情和守护；让你在古朴和现实中捕捉一些真实和美好；让你在厚重和变幻中留驻一些温馨和记忆。是的，一些故事总是深藏在山的背后，一些情感总是蕴藏在水的深处，黄河将年年月月浓缩成浪涛，流向东方，绝不吝啬的感情，在源远流长中抒写；皋兰山和白塔山把我们的年轮凝固成山峰，挺拔秀美，毫无保留的情感，在潜移默化中长吟。

仅仅是一条河和两座山的情怀吗？不，行走在这个城市你会真正体会到西北人的豪爽豁达。兰州，正以精致、和谐、大气、开放为精神，以快乐指数述说人们的幸福和成就感。而她的文化，历经两千多年，无论是丝绸古道遗风，还是刚柔并济的唐宋流韵，依旧带有深刻的印记。

兰州，是一座强调现实生活精美艺术化的城市。这里的人们对吃穿住行，有着超出别的城市的强烈兴趣，因为生活在这座城市的人们似乎胸中都有团创业的火焰。

风吹过黄河，浪涛上飞溅着我们的梦想；风掠过两山，山峰上镌刻着我们的梦想。兰州，点燃我们的激情，让我们在这个城市书写壮丽的人生。

行走在兰州，用心感受大地。为什么我的眼里常常含满泪水，因为对生活的这片土地爱得深沉。

龙峰毓秀

一尊佛就这样立在我们面前，佛高 21.95 米，佛像是立姿的渗金佛祖——李佛；一座山就这样横在我们脚下，环庄浪河畔，山名为猪驮山。面对龙峰毓秀猪驮山，我们这些观瞻者怀着虔敬的心情录下有关猪驮山的枝枝节节。

猪驮山是一颗镶嵌在丝绸之路上的璀璨明珠；猪驮山是一个耸立在庄浪河畔的绿色天尊；猪驮山是一位游嬉于花团锦簇中的玫瑰仙子；猪驮山更是一个净化心灵的胜境之所。“萱帽猪驮”为清代永登八景之一。西出金城，越黄河之浊浪，沿庄浪河之清流，沐杨柳清风，步行多时，眼前川原开阔，佳木峥嵘，果树亭亭，玫瑰葱茏，繁花似锦，绿地生烟，这就是苦水川了，玫瑰花似海，香溢十里路，“岁岁红娇枝上头，香魂梦系故园春”。猪驮山，原名萱帽山，坐落在祁连山脉的崇山峻岭中，永登县苦水镇西山。距兰州和永登均为五十公里，在中川机场之西，312 国道和兰新铁路之旁。

猪驮山，位于川西，在山峦起伏中一峰突兀高拔超众，气宇非凡，因本土高僧李佛度猪驮砖建寺而易名猪驮山。山不在高，有仙则名。猪驮山的灵气因为这山上孕育了李佛。山上亭台殿宇，绿柳青松，香烟紫气，佛寺禅钟，是一处灵山古刹，数百年来被人膜拜，如今旅游观光、休憩心灵者络绎不绝，是丝绸古道上一处灵秀之地。登山观览锦绣山川直视无碍，玫瑰花香清风送来，馥郁馨香，好风凭借力，任你思绪飞扬。猪驮山有山门、同喜院、三圣殿、吒什庙、十王殿、观景亭、地藏菩萨殿、大佛殿、李佛殿、真武殿等景点可游览观赏。

猪驮山今存咸丰年间一碑记载："苦水龙峰东矗，以钟灵庄水四环而毓秀，林木掩映，绣壤相错，平邑胜地也，堡西二里许，层峦叠嶂，望之蔚然而深秀者萱帽山也。"猪驮胜景，可见自古此地风光之秀丽。据记载，自明代万历年间，附近百姓布施募捐，大兴修建至清代屡次修葺增建。历代有佛教高僧大德来此小住，讲经修行，使此山声名远扬。康熙年间本土李佛得道成佛因其传奇故事使此山更具神秘色彩，成了丝绸之路上的佛教名山。无数文人墨客慕名而来，吟诗作文，为其增添了丰富的文化内涵。

山不是名山，景虽非胜景。我们来到这里，并不是游山玩水，而是让疲惫的心灵得以安绥。徜徉在明媚的阳光里，看莺飞草长，听诵经声声，升华自己。心灵与自然相结合才能产生智慧，才能产生想象力。在这里，我们幡然醒悟：经过圆心能画出多少条直径，就有多少种生活方式。罗曼·罗兰曾经说过："让灵魂休息一下，养一养他在尘世中奔波所受的伤，然后再去奔波。"可见，真正让我们感觉疲惫的并不是奔波本身，而是我们的思想，我们的心和我们不可触及的灵魂。来到猪驮山，我们享受的就是那份恬静与舒适。

在这远离城市的一隅，我们也远离了心灵的疲惫。是的，这样才会有一个平和的心态，给心灵以及物质的空间扩大一点自由活动的余地。不见得要有"不以物喜，不以己悲"的大彻大悟，却应该有"宠辱不惊，闲看庭前花开花落；去留无意，漫随天外云卷云舒”的健康心态。其实，快乐与否，疲惫与否都在自己的一念之间。

猪驮山历经沧桑，记录着历史的变迁，沉积着文化的底蕴。现在，猪驮山林木葱茏，殿宇亭阁交相辉映，喷灌吐雾，翠色欲滴。山势峥嵘，峰峦竞秀，楼阁错落，紫气氤氲。“晨钟醒绿野，紫雾绕长空。东去庄浪水，沧桑流韵中。”如今佛殿、壁画、塑像等闪烁着古朴幽邃的文化色彩，是一幅让人手不释卷、赞叹不已的画卷。

下山时，夕阳斜照，暂以聊慰的心空空荡荡。或许，明天是个亮丽的日子。

空山寂语

一种人生是山，原地不动，四季风情；一种人生是水，流向远方，汪洋恣肆。看山是因为山的高度，看水是因为水的深度。

每天醒来，举目所及是一望无际天地相接的地平线，太阳不用费很大的气力就从地平线爬出来。居住在黄河边，天气仿佛一直都是那样，要么是艳阳高照，要么是灰色惨淡的云久久不散，让人压抑。时光随着太阳很容易过去，没有什么喜悦挽留远去的时光。

我生活的城市或是农村，或是城镇，四周皆环山。儿时到上大学前，生活在一个县城，名曰山丹，是西北边陲的小城，横在丝绸之路的节点。伴我成长的这座小城南有祁连山，西有嘹高山，东有焉支山，北有龙首山。山因境名，景由山生。每座山都有其神奇瑰丽，每座山都有其离奇传说，每座山都有其个性特点。置身每座山中，都会有不同的感受和异样的收获。

行走在小城，大山赋予了我挺拔的秉性。岁月无声，因为声在心的深处。正如矗立在远方的大山，缄默无语，可是身影，却历久弥坚。目光透过岁月的风尘，守望着一座座大山！

中学时，总是和一群小伙伴去山中找一些好吃的“果腹”之食，遍尝山珍异味，幸运的是从未中毒。其实，攀山觅食也是人生征途中一次次挑战。大山是沉默的，它把魄力赋予沉默之中。无论生活中我们遇到什么样的困难，我们每个人都有一座山来登，那些无形的困难会在大山的深沉中融化。

岁月难留，青春易逝。人生总是在攀登，从上大学到工作、成家、生子，十余年的更迭，我便留驻在黄河边的这个城市。名曰：金城。兰州是一座个性十足的城市，山有山的伟岸，如父亲坚实的脊梁；河有河的温柔，似母亲宽阔的胸怀，一切都在流淌，行走的脚步却从未停下。在兰州，我是一个追梦者，多年来生活在临河依山的城市。

久居临山的日子，只能慎独而行、慎思而为。

这些年，行走南北。每去一地，必将攀山览景。不论是名山或是无名山，总是或多或少地多了眷恋之情。常想起仪态万千的群山形状，流连忘返于大山的点点滴滴。小时候因故常去大山里，几十年后又与大山结缘在河畔生活，对大自然的感受，对大山的情有独钟，让我总想找个地方予以抒发。到过大山里的人，常会有一幅幅画面定格于脑海：当你站在大山里，看着四周山峦起伏延绵舒展，会惊叹于大自然的壮观。走在山涧仰望群山，又感觉自己渺小如尘粒。如登到山顶，举目遥望，云雾盘绕在半山腰，若隐若现的山峰俊秀恬静地遥相对望。当阳光透过云层洒向大地，厚实的大地像斑斓的五彩祥云一样散发出阵阵泥土的芬芳。当金色的阳光照耀在群山上，群山像出征的壮士披上了金甲战袍般庄严威武。站在山巅，山风习习，时而轻拂脸颊，时而夹杂着呼啸声，卷起尘土扬上你的发梢，让人在欢笑声中忘情地与大自然融为一体。山有很多种形态，有的山峰像刀削斧斫般指向天空，山崖嶙峋，崖层纵横交错地裸露，断层上写满了故事轮回。这种山形特好看，如神工妙手雕刻出的杰作。若是在烟雨朦胧的内陆大山里，植被茂密，那争先恐后地向上努力伸展的树林，就如争宠的孩子想最先得到太阳的光顾。当一束束阳光穿过茂密的森林，照耀着林下的植被，那些小草藤蔓也尽情地舒展着腰姿努力地向上延伸着，这种大山又是另一番情趣。

菩提本无树，明镜亦非台。不管是何种形状的群山，都让我深深地眷念，眷念着大山博大的胸怀，眷念着大山坚韧质朴的品质，眷念着大山呼啸而过的山风，眷念着大山那生生不息的万条河水。不管离开有多久、走得有多远，大山是我心灵依托的栖息之所、灵魂洗涤的静谧之乡、精神升华的不朽高地。

山是有气节的。当雄心勃发的时候去登登哪座山，让自己的征服自然的欲望得到满足；当你在学习工作之余，跑到山顶上呼吸呼吸沁人心脾的凉丝丝空气，看一看自己生活着的城市，想一想开心的事，把心里的种种烦恼都被抛到九霄云外，一个人慢慢地享受这世外桃源式的小憩。当你在遇到困难的时候，登上山顶的你还会把你所遇到的困难同大山相比吗？对山，是一种态度。

山是厚重的。关山阻断，青鸟青天。很多人守着山，看着头顶巴掌般的天空，以为这就是世界。走不出大山，也是一辈子。要有怎样的想象，才能思考“山那边是什么呢”？也许，就是躺在山坡上，看云朵。云没有脚，却能大步流星。于是，有了一种形容成功的方式，“他是从大山深处走出来的”。在大山里，是愚公移山的笨拙让人们路途宽阔，走向外面的世界。

山是沉稳的。山连着山，绵延交错。山外，是红尘万丈，功名利禄，活色生香。山内飞瀑倾泻，苍翠欲滴。晨钟暮鼓，云烟缭绕。名刹古寺，声声禅语，不如归去。果然是归去来兮，善思顿悟。“性本爱丘山，误入尘网中”，何不“采菊东篱下，悠然见南山”？唯有山，收留寂寞不羁的灵魂，以及落魄颠沛的诗意。如此，便是“相看两不厌，唯有敬亭山”了。

山是有情的。与“盈盈一水间，脉脉不得语”的细腻婉转相比，山的情谊深藏不露。山是有心的，那是“春山淡冶而如笑，夏山苍翠而欲滴。秋山明净而如妆，冬山惨淡而如睡”。需要心心相印的互动，那是“远上寒山石径斜”，却是“人闲桂花落，夜静春山空”，又是“山重水复疑无路，柳暗花明又一村”。逡巡山中，感慨万千，留下诸多的遗憾和记忆。

山是有故事的。博大的胸怀里藏着多少飞禽走兽，收留了多少光阴岁月。看看树上的年轮，松枝变琥珀。山间瀑布因何而来，林深岩洞通向何处。深山里，野草疯长，百花竞开，美不胜收。间或留步闲览，静谧却是空灵赐予的恩惠。寂山无语任凭思，鸟鸣其间山更幽。

空山寂语，唯有鸟鸣。这是一种难觅的风景，更是一种人生之境。

神来之笔

丹增霞辉，神来之笔；鬼斧神工，遐思万千。应说欣赏如痴如醉的丹霞地貌最佳地该在岭南，但天工造物变化神奇。在祁连山下的丝绸古道上，那色彩斑斓的丹霞地貌从天而降，好似上帝遗失的调色板，恰如天籁流韵意缠绵。让看遍了戈壁大漠的人们眼前豁然开朗，心旷神怡，流连忘返。

“不望祁连山顶雪，错把张掖当江南。”不到两个小时的高铁，就从青海湖畔抵至“塞上江南”张掖。

已是夜色阑珊，一弯新月挂在空旷高远的天际，万家灯火和五彩霓虹把小城装点成璀璨星河。有携手走过的小情侣，有闲适信步的老人孩童，也有我这样新奇地打量着这个陌生城市的游人缓缓穿街而过。

每走一座城市，有点闲暇，总是要去逛逛当地的夜市，还有晨起的菜场。市井的味道，烟火的气息，以及只有那个城里特有的风俗、民俗乃至气质，全在里面。赶巧的时候，还会听到熟悉的乡音，打个招呼，攀谈几句，顺手捎带些老乡摊铺上的物件儿，小小的帮衬立刻就多了分亲近，连道别时的招呼都远比别人响亮。有一次去杭州出差，恰逢情人节，晨起拉着几个朋友去西湖边的早市，一位卖花的大姐操着硬生生的普通话，拦着我们兜售玫瑰。爱花，却实在不喜欢这样的叫卖，匆匆逃离。倒是大姐的一句“不买算喽！”那么地道的兰州话！我们几乎都不约而同地停下脚步，颇有几分戏剧性。赶忙上前寒暄，这么一走近，大姐居然喊出我的名字，还说听过我的讲座，原来还是位有着文学情结的老乡！大姐抽出几枝鲜花硬是送我，朋友们则争相掏钱塞给大姐，像过年走乡下亲戚家，临行前推推搡搡地回些礼。世间，总有这么多的暖。遇见，该是怎样的缘。

在夜市的喧嚣中，情不自禁地驻足于挂着“舌尖上的中国”醒目招牌的铺子前，挤进长长的队伍。吃，是旅行中的不辱使命，又是给自己的巨大馈赠，旅行中的美味，全是滋补品，补充能量，慰藉心灵，兼而有之。要上一大碗搓鱼子，再从果农的篮子里挑上几串儿红得发紫的葡萄，就在铺子门前的木桌前坐下，悠悠地吃，细细地品，静静地看。月色的光，给葡萄罩上暧昧的红，搓鱼子也洒满月色。张掖，怎么都可以吃出婉转风情。

风情揣在怀里，精神继续远行。

张掖古为河西四郡之一，原本充满人文风俗民情的地方，陡增了鲜为人知、在中国乃至世界上绝无仅有的神奇地貌景观——张掖丹霞地貌群。

张掖丹霞，神往已久。

一个秋日，神驰欲往。出兰州，越永登，穿过乌鞘岭，沿著名的千里河西走廊一路西行近五百公里，就来到了“半城芦苇半城塔”的塞上江南——“金张掖”。漫步古城甘州，中外游客无不为张掖神奇的自然景观和悠久的历史文化所折服。古城、古塔、古寺、古民居，无处不在向世人昭示着古城甘州深厚的历史文化底蕴。尤其是张掖丹霞地貌，更让人急不可待地去观赏。

张掖南为祁连山脉，北为合黎山群，其间便是平川绿洲。境内有发源于祁连雪山的黑河，四季流淌，流走的只是岁月，留下的却是美景。南北两山，不但构成了张掖绿洲的屏障，而且由于其特殊的地质构造形成了令人神往的丹霞地貌。

水为善下能成海，山不争高自极天。张掖丹霞地貌，如用文字来表述，仅有两个字：震撼！其气势之磅礴、场面之壮观、造型之奇特、色彩之斑斓，令人惊叹。她不仅具有一般丹霞的奇、险，而且更美的在于色泽。在方圆十多平方公里的范围内，随处可见有红、黄、橙、绿、白、青灰、灰黑、灰白等多种鲜艳的色彩，把无数沟、山丘装点得绚丽多姿。在阳光的照射下，有的似金色的麦垛、金字塔、堡垒、殿堂、亭阁；有的连座成峰，绵延几里，从高处眺望，好似一段色彩十分艳丽的丝绸飘在大地上；有的在阳光下突出暴露，绽放出炫目的光彩，似五光十色的璀璨宝石……张掖丹霞地貌以她那层理交错的线条、色彩斑斓的色调、灿烂夺目的壮美画图，构成了一个彩色的童话世界。

色如渥丹，灿若明霞。走进张掖丹霞，仿佛置身于一个令人眼花缭乱的色彩世界。张掖祁连山丹霞主要由红色砾石、砂岩和泥岩组成，有明显的干旱、半干旱气候的印迹，以交错层理、垂直节理、四壁陡峭、色彩斑斓而示奇，它是一个以自然风光为主的自然风景区，集广东丹霞的峭拔、峰林石柱的奇、险、美，还有新疆五彩城的色彩斑斓于一体。古诗云："高峰壁立老龙蟠，削出芙蓉作画看。"置身其中，美得使人眩晕，堪称"七彩神仙台"，比敦煌"魔鬼城"的雅丹地貌面积大，分布广阔，气势磅礴，场面壮观，形态丰富，造型奇特，色彩艳丽，是中国干旱地区最典型的丹霞地貌，举世罕见。数以千计的悬崖山峦全部呈现出鲜艳的丹青色和红褐色，相互映衬，各显其神，展示出"色如渥丹，灿若明霞"的奇妙风采的丹霞地貌。造型奇特，色彩绚丽，气势磅礴，把祁连山雕琢得奇峰突起，峻岭横生，五彩绚丽。

“巍峨独标峙，登之心旷然。”雄伟而富有力度，就是小尺度的石峰，也似有擎天之力，充满阳刚之美，像大地喷洒炽焰烈火，似山岸披上七彩霓裳，这是一处与众不同的丹霞景观。我们的眼前凸显出了七彩连、七彩屏、七彩湖、火海、刀山、扇贝等奇观。虽说七彩绽现，其主色调也只是红黄或红白，山体层理垂直交错，相间的色调如彩飘带绵延不绝，顿时就让这山势也活了起来——那山就如驰骋在祁连雪线上或是军马场大草原上四蹄奋飞的汗血宝马。

移步换景。不远处，红色、黄色、白色、靛蓝、浅绿，五颜六色的色调顺着山势起伏，一会儿直插云霄，一会儿又从山顶斜插至山根。在我们的视野里，这样上天入地的不是山势，而是流动的色彩。这种流动是奔流在大峡谷间携着浓墨重彩的瀑布跌落与飞溅。倘若有晨曦或夕阳的照耀，那些色彩就显得异常艳丽而新鲜，让人在惊叹之余，似乎能呼吸到那色彩的神秘气息。我们去时，残雪未消，在阳光的照射下更加别致，晶莹剔透，相得益彰。遥望祁连顶上雪，丹霞地貌更妩媚。

张掖丹霞地质公园，离市区三十公里的临泽县。沿途的路边全是玉米地，向日葵开得有些恣意。若不是远方起伏的山脉，眼前黑河的碧波，透明的砂砾，会让人以为是在淮北平原上飞驰。直到行至丹霞地质公园转角，才被那令人窒息的美深深地震撼。

德国哲学家康德说：“世界上有两件东西能够深深地震撼人们的心灵，一件是心中崇高的道德准则，另一件是我们头顶上灿烂的星空。”哲学家颂扬的是圣洁的灵魂和神奇的自然。在北方的北方穿行，更多的时候你只有用震撼来抒发一种情怀，为人定胜天的力量，也为大自然的鬼斧神工。

远观丹霞，如同它的名字一样，若霞光，明艳照人，如烈焰，热情四射。当搭乘园内游客班车在几个固定的观景台远处眺望，才发现在橙红的色彩里，还有绿色、黄色、灰色、白色、青色……斑斓的色彩有的在起伏的山脉上层层叠叠，有的在陡峭的岩壁上纵横交错，有的像扇贝，有的似神龟，有的如刀山。奇妙的造型，壮观的场面，加上磅礴的气势，将其誉为“奇险灵秀美”中国六大奇异地貌之一，也是实至名归了。

张掖丹霞因其雄伟而美丽。它的山峰由悬崖峭壁构成，许多崖壁高达几百米，拔起于平川或河岸之上，危崖劲露，光滑削齐，气势磅礴，苍劲雄浑。就是小尺度的石峰，也似有擎天之力，充满阳刚之美。

张掖丹霞因其幽静而美丽。游览长三千米的芦苇沟，只见赤壁千仞，峰回路转，一步一景，人移景变，别有一番情趣。环顾四周，雄奇诡险，险象环生，怪石嶙峋，幽洞通天。石径两旁山峰耸峙，高山之巅石堡盘踞，犹如神秘的古堡给世人演绎传奇的神话故事，让人禁不住展开漫无边际的遐想与思古之情。怀古今之万事，那烟岗雾霭之下，群峰深壑之间，人迹罕至之处，不知隐藏着多少未解之谜，撩拨着人们寻幽探秘的遐想。

张掖丹霞因其奇特而美丽。纵目丹霞地貌群，怪石如林，变化万千，似物似景，堡状、锥状、塔状，似人、似物、似禽、似兽，形象各异，栩栩如生，组合有序，如“万古金城”，似千年石堡，真可谓“横看成岭侧成峰，远近高低各不同”。尤其晨雾之中或云海之上，仿佛海市蜃楼，又如仙山琼阁，观之令人赞叹不已，让你觉得它们是雕塑大师的艺术杰作，但却无一不是出自大自然的鬼斧神工。

张掖丹霞因其险峻而美丽。“无限风光在险峰”，险峻能激发人们的向上探索的精神，故智勇者登之。以赤壁为其地貌特征，大多山坡直立或呈反坡，令人望而生畏，近而发怵，大部分悬崖无法攀登。古人有“栈道依松划，危楼叠石连”“绝壁当千仞，危崖一线开”“飞鸟回翔不敢度”等诗句，形容祁连山丹霞的险峻之美亦不为过。

张掖丹霞因其形态而美丽。丹霞之美是一种无须雕饰的自然美。丹霞地貌表现为峰林结构，其山石高低参差，疏密相生，群峰林立，组合有序，富有韵律感和层次感。它的山崖，远看似染红霞，近看则色彩斑斓，许多悬崖峭壁，像刀削斧劈，直指蓝天，景色相当奇丽。赤壁丹崖上受流水作用或有机质沉淀，被染成片片黛青色、暗褐色、丹红色，七彩斑斓，在蓝天白云的衬映之下，和谐中产生对比，构成一幅幅多彩的画面。山峰随着时间、天气的变化，色彩景色也在不断变换，层次分明。一日之中，一年四季，无论晴雨早晚，都有不同的景色供游人观赏。

在当地，流传着这样的神话传说：远古时期，共工和颛顼这两个部族为了争帝，发生了一场惊天动地的战争，打得天昏地暗，山裂地陷，把西天的天柱撞断了，西天开了一个窟窿，导致天穹倾斜、洪水漶漫。为救黎民于水火，女娲娘娘从四面八方采来五彩石，用神力碾成粉末，用昆仑山的玉液琼浆调和，开始补天。她补天的五彩粉末，一部分掉下来附着在山头上，便把群山染成五彩灿烂。帮助女娲补天的，还有两个侍女，一个叫朝霞，另一个叫晚霞，她俩昼夜不歇地帮助女娲补好天上的窟窿之后，因劳累过度，不幸长眠祁连。她们死后，化作霞光，早晚相映，为祁连山染上了神奇的霞帔，这就是我们如今所看到的七彩丹霞。

心里清静的人，世界就是安静的！走进张掖丹霞，观的不仅是自然景观，看的不仅是奇石耸立，赏的不仅是色彩斑斓。更多时候是在聆听天籁之音，惊叹自然的精妙，感喟人间的仙境。在静谧的山间，丹霞尽情绽放，绚烂剔透！人生的航程，不总是一帆风顺的；有风有雨，才能承载生命的厚重；风轻云淡，才适合静静顿悟。给自己一个放松的理由，别让太多的承载负重了心灵；给自己一个释然的方式，别让太多琐事凌乱了平静。漫步张掖丹霞，享受自然美景，你会觉得置身于一个让你身心愉悦的世外之境，疲惫的心会得以休憩！走进张掖丹霞，一切都变得真实起来，少了往日的幻觉，更多的是自然的亲近和心灵的舒展。

平野风来知劲草，满山木落见苍松。离开张掖丹霞时，不远处的祁连山上皑皑白雪覆盖的苍松仿佛发出了拔青的声音，相信秋季收获的希望会缀满枝头，迎来的不仅仅是春天的呼唤。

所有的日子都那么值得期待，所有的过往也都融化在丹霞里，透着明艳的光。

守望长城

寻找是为了发现，发现是为了珍藏。走进山丹，走过长城，走入历史，目的就是让模糊的历史和存在的景象复原。蜿蜒的长城，是行进者的精神皈依。

“千金募战士，万里筑长城。何时青冢月，却照汉家营？”正如陆游诗中所写，长城是中国千秋百代续写的鲜活历史。雄伟壮观的万里长城是人类建筑史上罕见的古代军事防御工程，是中华民族的骄傲与象征，它凝聚着我们祖先的血汗和智慧。它以悠久的历史，浩大的工程，雄伟的气魄闻名于世，与埃及的金字塔，印度的泰姬陵，伊斯坦布尔的圣索菲亚大教堂等一起被誉为世界的奇迹。

风终于停了。我们沐着朝阳再次来到长城脚下，走进从未去过的长城腹地。

在阳光的照耀下，长城越发显得伟岸。长城从绣花庙北边的长沟山下往西延伸数公里，向北折转爬上山坡，那山坡的脚下是一道南北走向的峡谷，这个在地方志及现在当地人仍称为“峡口”的峡谷，历史上一直是丝绸之路上的一道天险。唐代著名诗人陈子昂曾有“峡口大漠南，横绝界中国”的诗句。

长城进入山丹境内由绣花庙经郭家泉，至峡口段仅存有连贯的夯土墙痕。现在的峡口成了一个村庄，正式的地名就叫“峡口村”。村里的大部分居民都住在峡口城堡里，城堡西边厚实而高大的城墙上，有一个拱形门洞，那条旧日的丝绸之路大道就从门洞下穿过。这座城与长城休戚相关，是历代驻兵、囤粮、屯军马的军事基地，也是沿长城古道通商、通邮的必经之路。该城为长城的附属城，汉、明长城就在该城的北侧，犹如横空出世的两条苍龙蜿蜒于茫茫戈壁上。

如今城堡围墙除西侧尚存外，还存一砖拱门，西门外有一瓮城。据峡口的村民讲，从前整个峡口城堡的黄土夯筑墙体外面都是砖包的，后来村民们修自家的屋院时，陆续从城墙上拆砖，竟然将偌大一座城墙的砖给拆光了！在峡口，我们瞻仰了村中唯一保存完整的木结构鼓楼，看着宏伟的工程，给我们留下的只有喟叹和心酸。

告别峡口，我们来到金山子烽燧，这段长城墙体保存较好，并有五座夯土墩。在金山子顶部，东可看到焉支山、峡口城，西可游览沿线长城的新河驿，南可观望丝绸古道。长城旁边有一道列障，列障四周有壕，有版筑墙、门阙。长城烽燧下有一口石砌古井。从整体布局可看出这些附设物与长城有着密切的关系，是军事防御体系的重要组成部分。

沿着长城西行，从峡口到新河驿，在金山子烽燧我们都一直在聆听中感悟历史的沧桑。新河驿本身就是长城附设的列障，现遗址尚存，后又在廖逢节（明穆宗隆庆六年即1572年，出任甘肃巡抚整治长城）筑边墙时迁移到现址。现在长城旁有一个土筑板墙庄叫端（音为cuán）庄，据说当时筑长城，民夫所食用的大部分是炒面，怕风刮走炒面，就筑起庄子，故名为此。

走出丰城堡金山子，来到绣花庙。说是绣花庙，连庙的痕迹也不知在哪里，耸立在山坡上的只是长城和营盘的残垣断壁。绣花庙处于咽喉要道之间，遗址内有汉灰陶残片，有古井、房址，还有列障。绣花庙一带的长城及营盘颇具规模——在长沟山与焉支山之间的马鞍形山地上，汉、明代长城以东南—西北的走向蜿蜒匍匐在大地上。已呈埂形的汉长城及其沟壕（汉塞）在明长城的北边，两列长城相距仅十余米，汉长城的营盘傍依、坐落在明长城的南侧，残存的营盘城郭四周约有百米见方。奇怪的是它的东西各相距数十米的两个盆形地貌，当地人都说是“涝池”（山丹一些边远缺水地区村庄用来集河、渠水，以供人畜饮用的水池）。而这两个“涝池”的地貌、植被又同绣花庙一带的汉塞遗址何其相像！会不会是汉代营盘遗址呢？带着种种疑虑，我们向风中的芨芨草惜别。

沿山丹向张掖行进，一望无际的戈壁滩在我们的两侧向后退去。笔直的公路把长城一分为二，断断续续的长城不时掠过我们的眼睛，在眼中定格。我们逆风而行，由东向西，倾听着遗落在古丝绸之路上的长城之律。在戈壁之间，我们和长城翩翩起舞。

山丹境内汉长城由壕沟、烽燧、亭障等组成。明代长城在汉长城的基础上修筑。在用料方面，汉长城是在戈壁、沙漠上挖壕。明长城则经过选土、翻土，蒸发土内碱性，用雨水和河水浇筑夯筑。运输工具不外乎是人力搬运、独轮手推车和牲畜驮运。筑城墙的主要力量是工匠民夫，再就是发配充军的犯人。为修筑长城，真不知道有多少人丧命于此。

沿着烽火台绕到长城边，坡度随着山势的缓而缓、急而急，有的缓缓往上，有的几近笔直，气势的确不同凡响，它蜿蜒曲折，极目而望，盘旋于这个山头与那个山头，绵绵无尽。一个问题旋即在我们的脑海中闪出：在这样的山坡上，当时的人们是怎样把这些石块砌到这里的，没有车辆，凭的就是双手吗？一道黄土夯筑的长城，看起来貌不惊人，谁又知道其中埋藏着多少人力、物力和惊人的智慧！

古道残垣夕阳斜。沿汉明长城行走，我们这些造访者心中最多的是悲伤，满目疮痍的长城在我们的眼里只是无边的苍凉。朔风大漠、长河落日。一句话，苍凉与悲壮，格调大致差不多。诗意的传达往往会渗入人的意识深处，成为认识西部的思想底色。事实上，留给我们最多的还是长城的命运不容忽视，有关部门该为这宝贵的历史遗产考虑考虑了。毕竟，留给我们的更多的是一种遗憾！

这一刻，长城仿佛饱经风霜的老者，无言地展现着岁月中的沧桑与无奈。我的目光抚摸着它，说不出的酸楚：这也是万里长城的组成部分，在被遗忘的角落里，难道就这样慢慢地消失吗？

望着长城，我的思绪在飘飞。看着眼前的景象，遥想过去，修筑长城的大军早已离去，没有留下一丝烟尘，几个世纪的风风雨雨早已经抹平了当初运土石的阡陌小路。长城在山岭上已经苍老，但无论怎么苍老，哪怕只有一堆土，面对长城我们只有一个感觉，那就是被彻底征服、被彻底震撼。

千百年屹立于此的长城呵，它是生命的记录、历史的见证。我猜想这地球上最长、最坚固、最浑厚的灰墙里，一定蕴含着什么。它或许就是我们古老民族的伟大灵魂。

守望长城，不仅仅是对历史的重温，更多的是一种情怀！

神奇安南坝

秋色苍茫，除了秋风掠过沙生植物“沙沙”之音外，在甘肃安南坝野骆驼国家级自然保护区的核心区内，再无异响。这样的意境，让我久久难抑远去的脚步。

一旦决定脚步的方向，心向往之。去安南坝本不在我们的行程之列，听闻野骆驼栖居的地方，充满了好奇，于是临时决定从敦煌改变行程，驶向阿克塞方向。

说走就走，还得温习“功课”：安南坝自然保护区地处酒泉地区阿克塞哈萨克族自治县西部，与青海、新疆交界地带，属于阿尔金山北麓，库穆塔格沙漠以南的中亚内陆。“安南坝”一词属音译，哈萨克语。其实是“阿娜巴尔”的谐音。“阿娜”即母亲，“巴尔”为“有”或“在”之意，合起来就是“母亲在（有）”的意思。从县城出发，沿省道 314 线一直向西，约一百公里，道路忽而在眼前向南打了个弯儿，就一直向南延伸而去。省道 314 线，当地人都叫它南疆公路，始建于二十世纪三四十年代，从阿克塞县一直通往新疆的若羌县境内。

雄伟壮丽的阿尔金山下，苍茫神奇的安南坝，是国宝野骆驼的家园。野骆驼毛色为沙棕色或白垩色，鼻梁隆起，耳短颈长，前膝胼胝，头顶无长毛。在戈壁荒漠的恶劣环境中，野骆驼“以日月为友，与风沙为伴”，谱写着西部人间动人的神话。作为濒危的独特物种，野骆驼是地球上唯一可以靠喝盐水生存的陆生动物。作为一个古老的物种，野骆驼能在严酷环境里生存，本身就是一个奇迹，野骆驼的数量已远远低于大熊猫的数量，成为比大熊猫还要稀少的珍稀物种，其保护的意义尤为重要。为使野骆驼有一个休养生息的好环境，我国相继成立了“新疆罗布泊野骆驼国家级自然保护区”和“甘肃安南坝野骆驼国家级自然保护区”。有资料显示，安南坝保护区是野骆驼生存和繁殖比较集中的地区，被称为中国野骆驼的“产房”。越是罕见，越是神往，野骆驼一时充斥了我的脑海，恨不得它马上就出现在眼前。

车在风中疾驶，暗云低垂，有雨将至。远处的戈壁，越来越近。莽莽中，各色砾石在云隙中透出的阳光照射下，五彩斑斓。静寂的旷野，一片荒凉，偶有小平房闪过，晾晒的衣物随风起舞；偶有鸟飞过，远去成为一个黑点。在这茫茫的人世，各有各的生存途径，能自我放养灵魂者，并不以环境的恶劣而自馁。反之，生活在设施齐全的城市中，也有心似沙漠的颓废厌世者。故心不荒凉，沙漠犹能泛绿；心不狭隘，前途便会宽阔无垠。

风，可以向上，也可以向下，我们行驶的方向只能向前。风景在窗外流逝，太阳终于挤出了笑容。哈萨克族司机的话也多了起来：“别看黑云压下要下雨了，其实这里的天说变就变。你们快看，天又放晴了。”随着他的话语，我们看到天上的云逐渐消退，阳光越来越强。在行驶中，这位幽默的司机讲述阿克塞的哈萨克族的由来和民俗风情，绘声绘色，给我们补上了一堂生动的民族迁徙课，让我们少了睡意，多了惬意。

沿路前行，不知不觉中，黑黛色的阿尔金山脉由远而近，扑面而来。

阿克旗乡的大部分处于塔克拉玛干沙漠中，一部分区域几年前已划为安南坝国家级野骆驼自然保护区了。逐渐地，终于看到了绿色。有了绿色，便有了生机。临近一看，原来是农民种植的玉米。路边还有等待进城的农民，包着头巾甚是醒目。他们置身喧嚣去，我们寻觅寂静来。

车行至南疆公路安南坝岔路口一拐，汽车向南沿着笔直的砂石路一路疾驰。路旁的山已不再是水墨画似的远山远景，而变成青黑的巉岩真实可见，甚至离得近的山石和车身会擦身而过。路边的多坝沟轰隆作响。远远地看见一带群山环绕、林荫掩盖的村落，那就是安南坝了。陪我们前行的小高，少言多思。她说，下个目的地是安南坝最别致的胡杨峡。说是胡杨峡，其实更多的是红柳，一簇一簇，生命力顽强。

大地苍茫。风小了，汽车颠簸着进入戈壁区域，顽强的芨芨草夺人眼目。黄的沙漠、绿的胡杨，还有红柳、芦苇荡、潺潺流水……青黛的山峦眼看要被云彩淹没，涓涓流水折向山坳，那屏蔽的不是一个世界，那只是无边无际蔓延的青青草色和生命的追寻。仰首看胡杨，豪情万丈，意气风发，总有一种精神在升华；伸手掬水，是如此的饱满和绵润。如果与风对话几句，不仅仅是风言风语，更多的是生命的执着，与岁月的风雨无关。看着美丽的景观，一旁的女儿喜不自禁，戏水拍照，乐个不停，难道真的莅临世外桃源？忠诚于大地，才能热血沸腾。毋庸置疑，山水一定是有生命的，如画的景致让我们驻足，流连忘返。一旁的司机催促，下雪时再来，别有一番情趣。我们只能依依不舍地离去，眼睛仍在凝望着多彩的生态之源。

阿尔金山雪峰耀眼，胡杨泉水情深意长。但是，由于地域辽阔，时间仓促，野骆驼与我们擦肩而过，只能惜别。苍茫神奇的安南坝保护区，就像一位慈祥的哈萨克族老人，虽历经沧桑，却依然坚强如山，平静似水；又像一位高深的禅者，静穆默坐在群山环绕的盆地中，淡然如云，静观着外界的纷纭变幻；更像是一座无形的丰碑，篆刻着野骆驼和游牧民族那四处迁徙的岁月，顽强的历程和神奇的传说，也书写着人们对未来美好生活的憧憬。

离开安南坝，我们看到山的那边，安放着一轮硕大、温暖的落日。野骆驼依旧是心中的一景，有机会，一定还会去安南坝的，因为野骆驼会等着我！

青山听雨

鸡峰山之行，是意料中的事，就像属于自己的一份牵挂，不管时间的迟早，不管季节的更迭，见或不见，她就在那儿，静静地等待。听完故事后，去雨中感悟自然肯定是另一番享受。其实，每次去成县都有攀登那座富有故事又富有诗意的鸡峰山的愿望。而每每出发时却总被一些琐屑之事和匆忙返程的脚步给打搅。在这个活力四射的夏季，我又来到了陇南，非得了却一桩心愿：登临鸡峰山，感受秦皇汉武的惬意和洒脱。

据友人讲述：在很久很久以前，成县城南有一座大山，山峰危崖耸峙，奇峰突兀，山腰有石，奇巍秀丽，常有雌雄金鸡雄踞于此。相传为天帝所饲养的灵物，每当金鸡产下金蛋，便有神鸡啼鸣，天帝就命青龙将金蛋衔回，奉送至天庭。虽然只是一个传说，但基本描述了鸡峰山的由来。

登山的前一天傍晚，风轻云淡，小县城恬淡无瑕。我窝在一隅恶补了一下相关史料：鸡峰山史志中称之为鸡头山，俗称鸡山。由于其山势

“奇峰孤耸，直入云际，状如鸡首”而得名。据《史记·秦始皇本纪》记载，秦始皇曾经在秦二十七年，出长安“巡陇西、北地，出鸡头山”。也就是说，秦始皇是走进了鸡头山的。当时他到鸡头山显然不是为封禅，而是巡视途经，是为了在俊美古秀的山林景色中游历小憩。清乾隆初年的《成县新志》中，对此颇具想象：“史称秦始皇西略，登鸡头山，命宫娥吹箫，使长子扶苏秉蒙恬军。”根据《成县新志》所说，除秦始皇来过鸡头山之外，汉武帝也来过鸡头山，“又汉武帝过回中，登崆峒，至鸡头山，即此”。我想循着这两位登峰造极的皇帝的足迹，步其后尘，在这个绿意葱茏的季节赴鸡峰山游览，也是一种机缘和福分。鸡峰山的海拔不算低，主峰 1917 米，与我家乡河西地区的乌鞘岭主峰 3500 米的海拔相比，相对要平和得多。

“鹫岭何年辟，鸡巢此地传。松声常似雨，峦气自成烟。梦散疏钟外，心清白佛前。欲从仙吏隐，结宇共栖禅。”鸡峰山的人文历史悠久，据北魏摩崖刻石和北宋真宗赵恒时期的碑刻记载，一千多年前，山上寺庙建筑和佛教活动已极盛。又据南宋绍兴十四年所立碑石《鸡山生佛阁碑》载，“里洞之左右有佛像，亦不知始于何时”。此洞即龙洞也，走进龙洞，水从石中流，别有洞天。“山巅草莽之间，尊像埋没，风雨剥蚀，岁月滋久”，“至政和丁酉岁，乃建生佛阁”。民间也流传着唐太宗曾登鸡山，唐开国功臣尉迟敬德在鸡峰山建造佛寺记其事的故事，山上至今有唐王阁遗址。主峰嵋峪峰的光祥寺就是北宋时所建。这些造型精美的寺庙建筑，沿灵官峡、药王殿、龙洞、二字殿、嵋峪峰一线构筑。或空绝依傍屹立于险峰绝顶，或依山倚崖掩映在松竹之间，或跨谷越涧飞架于云海之上，自然景观与人文景观浑然成趣，极为辉煌壮观。

鸡峰山因具华山之险、峨眉之秀之特质可与“西来第一名山”的崆峒山相媲美。鸡峰山苍翠欲滴，松竹丛茂，峰峦叠秀，石刹崇隆。造型精美别致的寺庙建筑，或空绝依傍于险峰绝顶，或依山倚崖掩映松竹之间，或跨谷越涧飞架于云海之上，自然人文景观浑然天成，开阔清幽，极为壮观。其中“光祥寺”始建于北宋，一千多年的岁月沧桑，兴废更迭，成为陇南名刹。

美好的愿望总是要经多磨的。次日驱车前往时，昨晚晴朗的天空突然变脸了，阴云密布，湿润倍增。就是天下刀子也要去，雨临鸡峰山也许别有一番情趣。下定决心还是和友人相邀前去攀登。顺着县城的一条公路，七曲八折终于看见了耸立的鸡峰山。友人一路给我讲述着有关鸡峰山开发的一些憾事，我只能不断地唏嘘和摇头。天越来越阴沉，沿着弯曲的山路，我们终于到了鸡峰山。

刚擦了把汗，雨就开始下了，淅淅沥沥。友人一再劝说，躲躲雨再登山。我一意孤行，择道而行。从山脚向上爬了不到半个小时，就进入竹林。竹叶上的雨珠顺着叶片流成一条条明亮的细线，落在路旁的野菊花上，金黄色的野菊花倔强地摇摇头，抖落一身雨滴，依然将头仰得很高，期许明天艳阳高照。而紫色的风铃花纤弱的铃形花朵上，总缀着几颗晶莹的雨珠，压弯纤细的腰，一簇簇淡红、深红、浅红的野棉花，被雨洗去风尘之后更显得妩媚风情……

斜风细雨，山路弯弯，洁净无尘，或隐于茂林修竹，或藏于野花芳草，或缠绕于危岩绝壁，或依于佛阁栈桥。漫步林中，满目秀松亭亭玉立，联袂比肩，野芳碧草相拥，翠藤参差不齐，百鸟争鸣，钟声楚楚，木鱼声声。虽然野雾迷蒙，细雨霏霏，但我们兴致不减，甚至深感淋雨攀山也是一种特别的享受。

青山巍巍，直插云霄，峰峦隐隐，翠色欲流。峰头岭上佛寺道观鳞次栉比，飞檐斗拱，精雕彩画，松生玉阶，鸟戏丹墀。若无僧众往来，真疑置身瑶池。

立于峰顶，白雾茫茫，远山近树皆失，唯层峦如梦隐隐可辨，脚下云如涛涌，如坠仙境。雨雾如海浪一般涌向一个山头，然后，又化作一缕缕，飘逸缠绕在山坳、山腰，而雨丝，便密密斜斜地洒在重峦叠障，苍翠耸立的山峰之间。极目望去，顿觉大地阡陌纵横，苍茫如烟，的确有天地悠悠之气势。

有风吹过，雨雾便如丝似缕地流动起来。我立于山顶，待云慢慢舒展而去。远处的山，近处的树，一下子竟一片模糊，是雨雾缠绕了青山古松，还是我处在了一团迷雾之中？只需静静地站在原地，静心片刻，只为等待一缕风，或许你再前行几步，刚才缠绕的迷雾竟一下子消失得无影无踪，眼前的一切都是那么清晰，一目了然，你甚至能看到狗尾草的种子圆润而又饱满。雨雾来了，又走了，眼前迷茫了，又清晰了，而雨依旧不知疲倦地下着……这何尝不是多变的人生？

雨丝依然不急不缓，烟雾依旧随风穿过山坳、穿过树林、穿过灌木草丛，也许数千年来，雨丝烟雾就这样和山纠缠不清！叮咚弦起，潺潺有韵。雨声渐渐在心底弥漫，豁然开朗。远离喧嚣的城市，在这青山停下来，倾听雨声，洗涤心灵，是一件极为愉悦的事。

青山叠翠，万木葱茏。大雾把整座鸡峰山裹得严严实实，能见度非常低。好雨时急时缓，我们就云里雾里地踩着石径小路蜿蜒而上。穿过灵官峡，顺着陡峭的石级爬上嵋峪峰，山顶不大，但很平坦，有宋时所建佛刹普贤殿，登临远眺，由于雨雾天气，我们看不见周围的山势景象，但随着大雾忽聚忽散，让我们领略了雾看鸡峰山的神妙，雾浓时大殿古刹隐藏其中，雾淡时先渐渐地亮出轮廓，随后尽显全貌。尤其是影影绰绰淡淡地显现山寺的景象，多么像海市蜃楼的奇景，让人不由惊叹此景象的神奇。

嵋峪峰活像一座巨大的石柱，冲天而起，卓尔不群。峰的北、西、南三面，都是绝壁，深不可测。要上到峰顶，只有从东面攀登近乎直立的石阶。这些石阶，多半在峰身，少半隐覆在佛殿。攀过石阶，进入三级佛殿的第二级。紧贴峰身而起的，是两级配殿，大殿建在峰顶。佛殿显然新近维修过，但形制是古体，奇特而且玄妙。石阶则为古人开凿，饱经沧桑，古意盎然。

嵋峪峰的钟声舒缓而低沉，和着寺院檐角悠远绵长的铃声。静默不语的浮云，凝滞不动的青山，一切都是那么静穆和深邃，而浮游的思绪，早已掠过岁月的风尘，几经轮回之后竟云淡风轻起来。立在嵋峪峰高耸入云的山崖边，身处云端，向下俯瞰，心惊肉颤。云雾缭绕，左奔右突，立体的山川大地、屋舍农田，尽幻化成一幅幅卷轴时隐时现，其景象万千，美不胜收。忽然，在那云头雾端，我仿佛看见了威严的秦始皇，正一手抚剑，瞩目中原。公子扶苏用他的长箫引来的那只凤，正蹁跹着翅膀把无尽的祥瑞轻轻播撒……可惜天公不凑巧，无缘一睹“石鸡凌绝壁”的胜景，只有存一份遗憾，期待来日。雨一直下，要淋透心事似的。我们裹了裹衣服，移步换景，不忍离去。雨临青山，别是一种享受。沐雨观景，更是难得。

云飘影移，雨落得更紧了，落在竹子和松树浓密的叶子上，落在开遍山腰的各种野花上，也落在我们行走的山间小径，远远近近的沙沙声，在空旷而寂寥的山间，宛若一种来自天际的私语，随着从天而降的雨帘，一路低吟，也许这其间有一种隐喻，一种只有这高峻秀美的鸡峰山才听得懂的昭示。百鸟啁啾，花香袭人，峨山如黛，竹林静谧。呼吸着清新的空气，心旷神怡，不由得加快了步伐。

在山中行走，总会从那烟缕般不绝的浮游中体悟到一缕一缕的人生滋味来，沿阶而上时的峰回路转，雨后初晴时的云开日出，透过松针落于草尖的阳光，清晨的露珠折射出太阳的光彩……在某一瞬间，披一身细雨，都会让你的心莫名地悸动，甚至震撼。

雨是山的灵气，雾是山的精魂，这便是宿命的安排吧！正如我与这座山的结缘。也许我已如这山中的一缕烟云，或是一丝轻风，或是一株野草，在一次次与山的无语对话中，对命运的虔诚和敬畏已深入骨髓！

急雨洗涤中的成州盆地，俨然一个镶玉镀金的大彩盆——精致华美，绚丽璀璨！在这斑斓的色彩中，绿色是绝对的主调。这种绿，不是那么娇艳，那么脆嫩，那么轻佻，而给人一种纯粹、沉稳、大气的感觉。充满生机的绿意，是一种向上的力量，这是大自然最干净的颜色！栉比鳞次的成州古城，高楼林立的成州新城，纵横交错的公路干道，郁郁葱葱的人造林带，在雨中各逞风采。在陇上地县中，有两条河水穿城而过的，恐怕只有这成州古城吧？河水是城市的灵脉，成州可谓得天独厚、人杰地灵！

鸡峰山昂首挺胸，自东向西再向北，成一弧状；伏牛山沉稳安详，由西向东再向南，也呈弧状。两条山遥遥合围，恰成瓯壁之状。两山在北端的交接处，应是杜甫当年吟咏过的泥功山。两山在西北端的汇合点，此刻烟云笼罩，显得神秘莫测，那里有驰名中外的西峡。鸡峰山的东南脚下，还有飞龙峡、凤凰台、杜甫草堂……

淫雨霏霏，雾气漫漫。我从嵋峪峰回望二字殿，也是万丈绝壁，幽险无比；也是薄雾缭绕，幻若仙境！上山，下山，跨沟，越涧，无时无刻不与松林相伴。那漫山遍野、无边无际的松树绿海荡漾、碧波涌流。林涛阵阵，百鸟啁啾，林木山野间处处飘逸着诱人的松油香。

一直以来，对天地万物总存一种敬畏，感觉大自然总在用自己特有的方式向我们昭示着什么，开了又谢的花，聚了又散的雾……路旁的那棵松树，我凝视它时，满树的苍翠，昭示生命的喜悦。青山如黛，美景似画。雨淋湿的何止是青山树影和行走的身影！

下山时，雨一直下。我却相信，天不会漏，雨终会停，阳光终会灿烂。

西安杂想

前不久，应陕西作协的几位文朋诗友之邀，前去西安小憩几日。行走之后，顿觉西安在我心中依然是挥不去的一块故土。

西安最先吸引我的，当然是因为她曾经是中国历史的一个重要舞台。这个阅尽千年沧桑的城市，古老得足以藐视任何一个人的悲欢。我站在她面前，显得那样单薄和肤浅。我不喜欢这种感觉。然而，我还是不可抗拒地来了。

也许新兴的城市更有朝气和活力，也更科学和合理。然而那种“拔地而起”的城市总是少了时间积淀的美丽。穿行在西安那一条条悠长的小巷里，仿佛穿行在时光隧道，灰色的墙壁沉默地蜿蜒，密密的枝叶筛下斑驳的午后阳光，感觉似乎没有尽头。只是偶尔看到的电线杆和穿着运动服、骑着山地车的少年，才让人觉得似乎走在一部剪辑错了的历史片里，真实又怪诞。触摸着厚实的城墙，想着这一砖一石都经历了千年的风雨。对它们来说，穿过城门的刚刚还是身披铠甲的骑兵，转眼就成了极尽豪华的奔驰。不知不觉间，这座古城千年的时光就这样流过，千年的历史就这样写成了。

兵马俑和华清池，秦始皇和杨贵妃——历史上最威严的男人与最妩媚的女人跨越时间在这里相遇。是刻意还是巧合？是岁月的流逝促成了这戏剧般的相逢。时间，是最伟大的魔术师。我们带着一种居高临下的心态徜徉在这些古迹间，不论我们怎样努力地去体会古人的心情，想象历史人物的悲欢，最终得出来的也只能是用现代人的思维的诠释。无论后人怎样想，历史都是一样的不动声色，历史永远沉默着，而历史又始终在诉说。

经历，沉淀，然后是发现。这是一种规律。

去西安不是刻意的，但似乎早已约好。西安给人的印象是厚重，而我觉得应该是寂寞。我很固执地钟爱这座城市，但我却从来不谈理由。因为我担心太沉重的爱会惊扰它的梦境，毕竟它沉睡了太久太久。

很多人都写过西安，但我却觉得，笔下的西安太过繁华，太多有关盛世衰落的叹息。西安承载不起太多的叹息。我请你去看大清真寺，去看有裂缝的石墙，去踩有青苔的青石板，去摸光滑的门槛，去听飞鸟掠过清真寺大殿时的叹息——那一刻你会觉得无法言说的宁静，像老母亲粗糙但是温柔的手，轻轻安抚你的心。那是一种美好的感觉，心情仿佛可以触摸，几米《飞鸟与鱼》《森林唱游》里的字字句句突然涌上心头。你会在心里祈祷——即使你并不信教，那也没有关系。原来生活在这里，阳光在这里。西安原本如此真实。

然后我请你去“回民小吃一条街”。你去看那里熙熙攘攘的人群，去感受那种昏黄氤氲温暖的气息，去喝沁脾的酸梅汤，去吃热气腾腾的玫瑰糕，去听回族老艺人“咿呀”的二胡声。时间仿佛没有痕迹，悄无声息，但你会在不经意间看到褪色的门槛，看到朽落的窗雕，原来是很老了，很老了。喧嚣在耳边，却很年轻。西安原本如此让人迷惘。

我请你一定要去西安的古城墙。你去看黑灰色的砖石，去看砖石砌成的沧桑，去吹城墙上和煦的暖风，去捡古槐飘落的叶片，去张望城墙下嫩黄的烟柳，去听钟楼隐约的钟声。在傍晚的时候，天还没有全黑，城墙上空荡荡的，让我想起那句“前不见古人，后不见来者”。是的，就是那种感觉。请张望，但不要回头。心胸倏地开阔了，那些烦忧忽然模糊，然后灰飞，然后烟灭。下城墙的时候请你回头吧，那些走过的路，最终一点点隐进暮色里，时光是恬淡的。离开的时候，依然请你回头吧。城墙很巍峨，但在你心里，却多了游般的温柔，与城墙很不相称，却又是那样和谐的温柔。是谁，忘记了自己，忘记了时间。那段城墙，让我拥有短暂的迷失。迷失，却不慌张。西安，原本如此让人忘我。

历史沉淀的文化底蕴与现代化浪潮带来的新鲜空气，正是这个古城最与众不同的魅力所在。我想说的是，传统是一种美，现代是一种美，传统与现代的结合也是一种美。

西安几日，最难忘的还有馋人的羊肉泡馍、粗犷豪放的秦腔和热情好客的主人。

雨中畅游张家界

雨还是下个不停，仿佛淋透人的心事。这几天，盘桓在张家界，唯一陪伴我们的就是淅淅沥沥的雨。

这次来张家界是突然决定的，就像这不期而遇的雨。向往张家界已久，总想一览大自然鬼斧神工的迥异山貌和让人陶醉的绿色以及引人入胜的流水。山有山的韵味，水有水的情趣。游山玩水，这句听起来很普通的话语，事实上蕴含的意境却是耐人寻味的。

天还未亮，窗外雨沐百籁，声声入耳。仓促中用完早餐，环绕在山中去仔细体味雨中的景致。车沐浴在雨中，我们的视线总是模糊的。山路弯弯，一步十景。透过窗户，我们四处张望，此时也没有瞌睡虫的骚扰了。看景在山巅，万山收眼底。雨疾车快，峰回路转。陡然间，来到武陵源区，换车、前行、乘索道、坐天梯，瞬间我们到了山之巅。雨，此时像个小精灵，给我们带来了快乐和凉意。

如果说张家界是上帝遗落的美梦，那丝丝缕缕的雨珠便串起了完美的乐章，铺泻下来，流淌到我们的心间。细雨叮咚婉转，撩起了我们探寻千古胜景的心绪。云蒸霞蔚，雨增景观。我们在雨中向山上走去。这雨，时而肆意滂沱，时而细密如丝，时而珍珠落盘，时而叮咚作响，尽管穿了雨衣，打了雨伞，但为了目睹雨中胜景，我们还是在不经意间被淋湿，雨水潮湿了我们的身体，还有我们的心。不远处，传来迎客的鼓声。我们一鼓作气，走到了山之高处，山之深处。

慕名来到独具风味的土家族遗存原生态部落——袁家寨子。好客的土家姑娘将米酒端到了嘴边，咂一口心旷神怡。

雨微停。蓦然看到，万丈绝壁上，一院老房子牵手黄泥墙，灰砖地、雕花窗，九转回廊小溪迎。三碗米酒的微醺中聆听高山土著的神秘，怪异的号角声中品味土家风情。纺纱曲、舂米调、哭嫁歌、榨油号子诠释土人土寨土活法。斗鸡、杂耍、小吃透出土家人的生活情调。

遐思回味中，不觉间随人流辗转到又一秀景中。“不上黄石寨，枉到张家界。”黄石寨立于张家界森林公园中部，为一方山，海拔一千多米，是雄伟高旷的观景台，四周是悬崖峭壁，稍不留心就会惊出一身汗来。

无限风光在险峰。站在观景台放眼望去，绿树丛生，山峰突兀，不由生出许多奇想。细雨迷蒙，寨台周边云烟弥漫，千峰攒聚。云遮雾绕，似梦如幻。那景色摄人心魄让人目不暇接、流连忘返。须臾，雨骤停。太阳从云雾中探出头来，薄雾飘飞，群峰如江上远远驶来的船只，或明或暗，神奇变幻。峰群淡雅，端兀耸立，幽深缥缈，千峰万壑，纵横交陌。

蜿蜒山间，群峰立于足下，远近美景纳于眼中，“你推我上”的留影声，啧啧的赞叹声，让人不得不产生张家界顶上有神仙的想法。不信，极目远眺，仙府洞庭或现眼际。

登天子山是为看张家界更美妙的风景，不管多么劳累，我们是非看不可的。天子山风景区与索溪峪山水相依，交臂为邻。从这里举目远望，武陵千山万壑历历在目。“秀色天下绝，山高人未识。”天子山，这块自然风景处女地，有一座天桥、两口天池、三座古庙、四个天门、五处飞泉、六个洞府、七个风景区、八十四座天然观景台，集奇、险、秀、野于一体，尤以石林、云海、霞日、冬雪为奇观。不过，饱我们艳福的还是在淫雨霏霏中，又看到了很难发现的奇景。瞧！那一片片石林，在细雨的滋润中，千姿百态。或如刀枪剑戟森立刺天，或如千军万马啸啸奔腾而来。缭绕玉山腰谷底的云雾，变幻莫测，时而涌若滚滚波涛，时而飘若缕缕金丝。

看不尽的美景。雨中畅游别有韵味，行文中，我的记忆里又冒出神堂湾、御笔峰、仙女献花、姊妹峰、点将台等众多胜景，戴着神秘的面纱，诉说着动人的故事，吸引着我再去回味。是的，雨中游览，遗憾多多，但收获却是常人看不到的。张家界，我还会去看你！

第二辑　心自声远处

唱给母亲的歌

捧起一抔泥土，我说，这是我的祖国；掬起一朵浪花，我说，这是我的祖国。弹铜琶铁板唱大风猛士的是我的祖国；扬浩然正气耀日月之辉的是我的祖国。

啊！祖国，我的祖国！您是大树，我是树叶，一片叶子便是一片春色，祖国！您是禾苗，我是根须，输出我全部血液为了您的葳蕤，祖国！您是大江，我是小河，用我涓涓细流壮您浩荡行色，祖国！您是太阳，我是云朵，终生守护您的辉煌、您的灿烂、您的圣洁，祖国！我们又一次庆祝您的生日，庆祝一个国度的新生与崛起，庆祝一个民族力量的苏醒与凝聚。我想起了母亲，一个普通的农家妇女，每年在她生日的时候，我们总围在她的膝前，感谢她的养育之恩。然后，深情地唱一支关于母亲的歌。

祖国，此刻，我们也围坐在您的膝前了。我们是吸吮着您的乳汁长大的。古老的文明，古老的黄河，镌刻在残矛断戟上的孔武，书写在历史每一页上的高风与亮节。而这一切，就是融入我们心中永恒的情结！

苦，为了您；甜，为了您；生，为了您；死，为了您。您的忧虑便是我们的忧虑，您的欢乐便是我们的欢乐。呵，祖国，伟大的母亲！

我不是在哨位上，也不是在田野和车间里写这支真诚的歌，我是在一盏明亮的台灯前，流泻这如潮的情思。然后，走到窗外，在秋日的朗月下，拥抱美丽的月色。我说，祖国，再没有比您更具体的了——森林、河流、炊烟、田野、道路、桥梁、脚印、车辙，以及挂在人们脸上的欢笑，以及醒目的数字、图片与成果。

啊，祖国，我的祖国，您是希望，您是信念，我们高举您的手臂，祖国！您是金子，您是钻石，我们是锻冶您光芒的炉火！啊，祖国！

父亲·大山

每每回家，凝望四周的青山，我总是哽咽无语。因为，在我的心中父亲就有着山一样粗犷坚毅的秉性。说起父亲，从事文字工作多年的我，竟不知该如何用汉字来书写他山一样的情怀。

岁月无声。因为，声在心的深处。正如矗立在远方的大山，缄默无语，可是身影，却历久弥坚。目光透过岁月的风尘，守望着一座大山——我的父亲！

自从离开家乡来到省城求学后，一直为了生存四处奔波求发展。日子像胡子一样疯长，一晃眼，竟然游荡了十余年。其间有了工作，有了自己的家庭，有了孩子。也不知到底忙些什么，回老家的次数像下楼梯越来越少，每次回家也是匆匆忙忙的，等返回省城时，心里总有说不出的失落和内疚。因为，我知道欠家人的太多太多。

前不久，又回了一趟家。见了父亲竟然一整天没说多少话，是他老了，还是我走出了家的影子？快子夜了，我翻来覆去地难以入眠，信手拿起一本书，漫无边际地乱翻。“夜深了，明天再看吧！对眼睛不好……”父亲的声音透过窗棂和月色传了过来。我不由地一怔，夜这么深了，父亲还没睡。我凝神望去：高高的颧骨，瘦削的脸庞，斑白的双鬓，眼睛里满含着关切。这就是我的父亲吗？这就是我引以为豪作为精神支柱的父亲吗？在生活的磨砺中，他竟会如此的苍老？我的心揪得很紧很紧。

父亲年轻时好胜，为了生计经常奔波在外；为了家庭，更为了心中的目标，他早出晚归，任劳任怨。在成长的路上，父亲对我们兄妹三人付出了心血。不管有多累、多苦，他总是咬紧牙关说：“哪怕砸锅卖铁，都要供你们读书，读书是你们唯一的出路。我们这辈人吃了亏，可不能让你们睁眼瞎。”为了这个夙愿，他眼睁睁地看着邻居家的孩子念完初中，打工成家。邻人笑了，父亲却说：“我心中有数。”他硬是用自己厚实的肩膀供出了三个大学生。如今，我和弟弟、妹妹三人如愿以偿地走进了省城，可是父亲却越来越老。每次回家，我都不敢正视父亲，只能从他的双眼中读出点什么。我们回家总是惹来邻居和亲朋艳羡的目光，父亲却开心地笑了：“我的心血没白费吧？”此时，我们的心其实很痛很痛，父亲给我们的何止这些呢？

再过几个月，父亲就会步入花甲之年。如今，他总是在夕阳西下的时刻守望着家乡那一座座不老的青山，仿佛在翻阅一部百读不厌的书。青山刚毅粗犷，青山屹立坚强，青山默不作声，但父亲能读懂那一座座青山。对家乡的青山，他有着一种难以割舍的情愫。每当此刻，父亲好似一座大山屹立在我们心中。父亲就是一座大山，那是我们生命的根本，也是我们心灵深处最深刻的回忆。父亲一生的酸甜苦辣，其实都写在他厚实的脊梁上，藏在他沧桑的脸上。

父亲的秉性，如同家乡的青山；父亲的爱，也如同家乡的青山；青山不老，父爱难忘！父亲的爱，厚重如山。父亲的形象，巍峨如山。父亲，是我心中的一座大山；父亲，是我人生征途中的一盏明灯；父亲，是我生命中永远读不完，甚至很难读懂的一本书。我深知，父亲为我们儿女奉献太多太多，因为他一直像一座大山背负着我们的憧憬。

这个春天，阳光很美。行走在春光中，想着阳光里的故事，我的眼前总是晃动着父亲大山样的身影，感觉心里很温暖很温暖。耳边传来女儿稚嫩的声音：“爷爷，照顾好自己，按时吃饭，你的孙女想你了……”女儿总是拿着电话和她的爷爷聊个不停，稚嫩的童声总是湿润我的眼睛。已为人父的我，又能为父亲做些什么呢？

谛听卢梭

在浩若繁星的思想大家中，卢梭无疑是很有分量的一个。他直率的思想和他看似透明的孤独，在 18 世纪的法国成了一道亮丽的风景。他用无比熟悉和操练得十分精到的音乐气质，表达超乎寻常的对人与自然的思辨，像一道闪亮的光弧，辉映哲学云遮雾罩的天际，以相当的实力，跟伏尔泰、狄德罗等成了启蒙运动理所当然的巨擘。

卢梭对“人类真正的少年时代”的迷恋，对“关心自我保存也不损害他人的保存”的理想境界的追求，使他的哲学思想很容易地成了贫民哲学的一部分，他谴责古代神话和雅典文艺是道德堕落的产物，赞赏斯巴达“把艺术和艺术家、科学和科学家一并赶出了它的城垣”的做法，这不仅仅是对经院哲学的反判，而且是用更果敢的行动方式，公然与传统道德挑战。虽然他巨大的思想和瘦弱的勇气，都不可能成为一柄利剑，割断古典主义崇奉的理性绳索，法王路易十四也不会因此感动于他的率直与坦诚，刻意圆了他那柏拉图一样的理想国的梦幻，但是他的思想本身，无疑是夜行者能捕捉到的点点萤火，至少照亮了夜程的一段，让人们在抬脚迈步间，少了磕绊。他不能也不可能超越所有黑暗的夜空，成一轮明亮的太阳。最后，他无力的光照甚至不能照亮自己，走向孤独的时候，就走向了他思想的深度，同时也钻进了他思想的“死胡同”，他只好默默谛听自己良知的声音，在无为和无奈中熄灭自己。

卢梭在反对“可爱有余而用处不足的文明”的时候，就反对了人类传统文明的积淀和真正的科学文化，走向另一个极端，他皈依的原始主义，实则是把进步人类重新拽回到蒙昧时代的起点，他主张毁弃一切艺术，放弃一切物质文化成果的想法和做法，幼稚之外，更是荒唐。之所以在卢梭的哲学天空，有那么多温和天真的气息和云影，有那么多富丽浪漫的格调和意念，不能不怀疑与他对音乐的迷恋有某种关联，他是唯一能听清楚也能听懂自己声音和思想的人，以至于后来，他听得见的只有一个人的声音，那就是卢梭的声音，他注定孤独。因其陷于孤独而生发的孤独的思想，就成了一种永恒的声音，一直弥漫和延伸到了现在，让我们有幸还能谛听到。

“原”上灵鹿

朝阳微露时，一颗巨星陨落。在三秦大地富有生机的季节，白鹿原上草木含悲，风信子将一个令人扼腕盈泪的消息吹向八方：文坛巨擘，白鹿原的儿子陈忠实去了另一个世界。

2016 年 4 月 29 日，金城喧嚣。五一小长假前，黄河东流，草长莺飞，早上不到 8 时，手机的振铃唤醒了上夜班睡懒觉的我。有短信提醒：陈忠实因病于当日 7 时 45 分溘然仙逝。短信接二连三，后又接到几个电话问这个消息是否谣传。我急忙上网搜索：各大门户网站都发布了让人悲伤的消息。随后，我拨通了陕西几位友人的电话，再次证实了这个让人难以置信的消息。我不想接受这一事实。顿时，仿佛天塌了一样，我哽咽无言，面向陕西方向深鞠三躬，表示对先生的哀悼，祈祷他一路走好。打开微信，有关先生的各类文章和消息接踵而至，我挑选了部分代表性的文字予以转发以示对先生的怀念。

说起来，和先生相识已有好多年了。先生对我从事文字工作和文学创作是在鼓励中奋进，在鞭策中行进，更钦佩先生的为人为学之态度。

第一次与先生联系时，很是冒昧。当时我还上中学，因获了全国的几个中学生作文奖，再加之处于文学狂热的那个时代，不知天高地厚的我创办了校园文学社，还编印了一份小报。那时接触了先生的很多文章，便由衷地学习起来。膜拜中，一个想法油然而生，请先生和贾平凹做文学社的顾问。于是寄上油印的文学社刊物，也曾想过石沉大海（现在想想当初真的是很幼稚胆大）。不觉半月后，竟然收到信封上标有“陕西省作协”字样的信件，迫不及待地打开后，未曾想是先生的亲笔回信。信中先生鼓励并教导我说，学生的首要任务是学习，爱好文学没错，更应抓好学习等，并且告诉我，他和贾平凹不是一个单位的，还写了贾平凹的工作单位。那时的我，除了激动还是激动。

时光荏苒。再次和先生取得联系时，我已在兰大学习，期间冒昧将改了又改的一篇小说寄给了先生。当时根本没抱任何希望，因为那是1997年，先生的《白鹿原》刚刚荣获了茅盾文学奖。孰料一个多月后，竟然收到刊有我小说的《延河》杂志样刊和先生的亲笔信。信中先生除了鼓励的话语，又一次说学生在上学期间尤以学业为主，文学只是爱好，并指出了小说中存在的不足，同时建议创作散文可能比创作小说会有收获，业余时间多读好书，增加阅读量等。至今，先生的教诲仿佛还在耳边，激励着我不断向上。

如果说书信往来与先生结缘，真正见到先生却是在1998年的冬季。那一年，我刚参加工作不久，被派到陕西《华商报》学习。期间，我专门来到位于建国路的陕西省作协拜谒先生。去时也未联系，贸然前往。当时的情景至今记忆犹新：当我在工作人员的指引下，诚惶诚恐地走进先生的办公室时，阳光正透过窗棂照进平房的一隅，先生正坐在那修改文章。自我介绍后，先生高兴地说，我给你回过几次信哩，年轻人就要好好学习，不论是工作还是学习。然后，他用一个搪瓷茶杯泡了茶。随后，我们攀谈起来。只问生活、工作及甘肃的发展情况，只字不谈文学。

先生还说，陕甘一家亲嘛，不要太生疏。阳光照在他岁月镌刻的脸庞上，沟壑纵横；灰白的头发，瘦削的身材却是那样高大伟岸。随后，他给我写了“磨砺笔锋”的一幅字，并带我去了《延河》杂志社，还送给我好多本杂志。

不觉间，已到中午时分。我要告辞时，先生说来了就要吃个羊肉泡馍，便带我到一家羊肉泡馍馆。吃饭时，话不多。平易近人，待人和蔼的先生那时给我的印象是总抽着“黑棒棒”，宛如父辈一样关爱着年轻人。临分手时，我很大胆地要了先生的电话，他不但给了办公室的，还留了家里的。冬天很冷，但我心里热乎乎的。

凝望远方，思绪万千。后来，由于工作原因，也不知整天忙碌什么，只是在春节期间给先生打电话拜个年，先生总是说有空来西安玩。2000年，我去陕西洋县采访，在那停留了十天左右。到西安后，我给先生打电话，家人告知去外地开会，未能晤面甚憾。当刊有《东方宝石朱鹮》一文的杂志出版后一月，我居然接到了先生的电话。他说，把朱鹮写活了，好好写。先生还提醒我，不可懈怠，写散文潜力应比小说的好，更要下功夫，欲速则不达。聆听教诲，受益匪浅。这些年，我在散文创作方面屡有收获，得益于先生的教导。

又是一年的春天，陕西举办的一个文学大赛，我有幸获奖并去参加颁奖典礼。会后，我去看望先生。和先生聊了不到半小时，便匆匆告别，生怕耽误他的时间。因为，彼时他除了工作还要接待来自五湖四海的作者、读者。临别时，他在我的一个本子上写下了：文学神圣。先生拍着我的肩膀说，静下心来好好写点东西。至今，他写给我的字仿佛印在我的脑海一样，促使我笔耕不辍；他说给我的话、谆谆教诲鞭策着我勤思善悟。

几年前，获悉先生生病，总想去探望，但最终未能如愿。只是在间隙中，得悉先生病情略有好转，很少闻先生的行踪。匆匆间忽闻噩耗传来，令人心颤。这两天我都在搜索着有关纪念先生的动态信息，写回忆文章者不少，前去吊唁者众多。

高山仰止。先生之所以受万人敬仰，为人为文堪称“一代君子”。一位老人走了，留下的不仅仅是一座丰碑，更多的是思忖。白鹿原下，悲歌生起；白鹿原上，青松挺拔。九州华夏，痛失一代文坛巨星。人都有离开这个世界的那一天，只是陈忠实先生的离去显然令我们倍感突然。幸甚，他把他要说的和所想的，都已经留在了他的作品里。回首来时路，白鹿原上的那只灵鹿依然会在梦里呼之欲出，那塬上一位位鲜活的身影，又哪一个不是白鹿原上的传承……

斯人已逝，空留悲情。手捧《白鹿原》，心有戚戚然。一部作品，留下的不仅仅是文字，更是震撼心灵的呕心结晶。行文结束时，金城居然下起雨来，也许是寄予先生的遥祭吧！

岁月流金

星空下，憧憬满天的希望与梦幻。灵魂真挚的梦呓般的祈祷，都淡了，远了，犹如一阵风，弥散在成长的岁月里。合上岁月的笔记，转过身，悄悄擦去不知何时溢出的泪水，不敢让它滴在上面，不敢拾起曾经纯净的泪珠。

擦肩而过的往往是一生的追寻。岁月流金，青春似火，年轻的生命朝气蓬勃。

记得那年，你把春天种在岸边。河水过后，奔流中写尽了多少未卜前途。他乡远隔，时移物换的无奈，到处述说的能称之为深刻吗？青春的花树，拒绝秋风的采访，如飞雪般落下的花瓣在血样的夕阳中呈现出一种凄凉的美丽。异乡的梦里，传来秋雨轻轻的叹息。

曾经在被踏出的路上，铺满了我们思想的沉淀。荡漾在只可意会的唇枪舌剑、默默无言中，我们忽然会彼此感动成一组雕像，恨不能在这片友谊的荒原上定格耸立千年。以自然之笔，在天空的画布上，尽情写意秋天。

岁月流金，唯愿回首无悔。不会再有了，抖动的长发可拂去漫天的阴沉，青春旗帜是不屈的宣言，充满豪情的可以猛拍古人的肩。不会再有了，无论是长歌当哭，月下徘徊，怒银碎雪。

河边的芳草，枯了，绿了，依旧一年又一年。

释放心灵

苦心经营，不遗余力，成败一笑是一种境界；不达目的誓不罢休是一种境界；一切随缘，知足常乐是一种境界；自斟自饮是一种境界；灯下涂鸦是一种境界；闻香识书是一种境界；聆听音乐是一种境界；登山冥思是一种境界；品茗煮茶是一种境界；促膝谈心是一种境界……不管何种境界，每个人其实都还有一种境界——释放心灵。

在世人眼中，纵横商、政；人尊为师；人敬为才，人敬为贤；游山玩水；吃喝穿行乐享愉悦；谈笑风生、指点江山，应该都是人生惬意之事。是的，人生必有所好，除文字外，愚好茶酒，茶韵之美，不再言表。只说酒，兴奋之余，邀三五好友，摆几碟菜肴，每每啜饮，心旌神荡。心情惆怅之余，必独斟独饮，每饮必醉，醉之感觉天地有异，乾坤眩晕，如水没顶，如火焚烧，酣畅淋漓之后便是一种洗礼后的陶醉。

沉迷于这种陶醉外，我总在寻觅另外一种风情抑或是一种境界。在兰山之巅放眼金城，凝眸沉思，间或顿悟，更感是审视自己，聆听天籁，这种境界也许是阅尽万物的思忖，也许是对生活的一次检阅、总结。

览尽城市流韵，笑看尘世更迭，换种方式来看，生活的情趣也大抵是一种新的方式。有人成功了，有人失败了；有人擢升了，有人罢黜了；有人欢喜有人忧……犹如春天开得很鲜艳的花，或许不到秋天就凋零了。唯独每个人是最真实的，或高谈阔论，或豪情万丈，或垂首苦思，或引吭高歌，或粗鲁行事，或敏于成事，或温柔大方，或真情流露，一切的言谈举止基本处于本真状态，一切方显得真实、自然、弥足珍贵、不可复制。

生活中，我们曾遇到过许许多多的不如意，也曾失败痛苦。每个人都行走在理性外衣包裹下的钢筋水泥中，疲惫的心无法得到安慰，只是一味地奔波。

释放心灵，纯洁灵魂，独居一室，自斟几杯馨香沁人心脾的琼浆玉液，遥想国学大师王国维《人间词话》中说为学有三种境界："昨夜西风凋碧树，独上高楼，望尽天涯路"，此一境界也；"衣带渐宽终不悔，为伊消得人憔悴"，此二境界也；"众里寻他千百度，蓦然回首，那人却在灯火阑珊处"，此三境界也。此为三阙宋词的集句，一境界立志高远；二境界探索磨炼；三境界乐此不疲。还有人称人生的涉世之初至垂暮之时也有三大境界："人生第一境界，看山是山、看水是水；人生第二境界，看山非山，看水非水；人生第三境界，看山还是山，看水还是水。"殊不知，我也有三种境界：读书、喝酒、牧心。有道是好书如友，好酒似歌，两者满足时，放逐疲惫的心灵聊以慰藉空虚的灵魂，畅享人生，思考人生，那种境界会衍生许多人生感悟，激起许多世事之情，憧憬许多人生之梦。

心不能静之，人就会冲动。释放心灵，这是一种很难逾越的境界，毕竟这种境界决定了你之所遇、所想、所做甚至你的生活重启之路。开启心房，剖析自我，那是一种触得到的欲念、荡得开的心旌。

心中有爱

临窗而坐，为的是更直观地阅览风景。这时的心情就被种种美丽渲染着、激荡着、丰富着。

远处的微笑越来越近，那笑是如此的甜。迎着一轮鲜活的朝阳，我每次爬山时，都会在路口遇到一位中年妇女推着一位残疾人看着山，说着话。两人爽朗的笑声不时传来，惊起了栖居在树上的鸟儿，那笑声像一幅流动的风景画在我身旁轻轻移过。后来得知，那位身残者是中年妇女的丈夫。也许，你不曾想到，他曾是名噪一时、知识渊博的大学教授。一次飞来的横祸，他失去了双腿。在万念俱灰时，陪伴他度过二十多个春秋的老伴一直鼓励着他，并默默地承受着他因病暴躁的脾气，让他的生活不再寂寥。有次，我和他攀谈时，他兴奋地告诉我，出事后一直很郁闷，老伴总是推着他看兰山、观黄河以此开阔胸襟，调整心态。只因有爱，他才有了活下去的勇气，他坚信生活就像每天初升的太阳。这些耐人寻味的话语深深地印在我的脑海中。

我的眼前至今还浮现着一幅画面：一位用手掌作画的妇女，一笔一笔用心地画着鲜红的牡丹。这位妇女是我的一个采访对象。一场火灾夺去了她的双手，面目受损。一瞬间，曾经四肢健全、热爱生活、爱唱爱踢的女子成了无腿无手的残疾人，这种打击谁能受得了？更何况是一个年轻貌美的少妇。在丈夫和亲朋好友的爱心呵护下，她虽然意外失去了几乎所有的手指，经过无数次失败后，却用手掌创造了五彩斑斓的人生。她学会了洗衣做饭，学会了画画，尽管她的画还不是很成熟。如今，她依然跛着腿走在大街上，胳膊上挂个菜篮去买菜，行走自如，谈笑风生。只因有爱，她走出了重新开始的一步。

和她有相同遭遇的还有一位十五岁的女孩，我去采访时，她躺在医院的病床上，强忍着被截去双腿的疼痛看书。她含着泪告诉我，是一帮下岗的阿姨自发来到医院给她东拼西凑地交了医药费，这些素昧平生的人用爱燃起了她生命的希望。

卢梭晚年虽然孤独、凄清，但巴黎郊外的林荫路曾陪伴他几年的时间，他在林荫道上散步时，总有一个盲人弹琴自唱，乐声和歌声激荡在他心中，激起了他极大的喜悦和乐趣。每次穿过林荫道总被摄人心魄的歌声所震撼。他说，我只有在忘掉自己时，才能更韵味无穷地进行默思和遐想，并沉浸在不可名状的喜悦和陶醉中，这种陶醉来自那盲人充满爱意融融的震撼。我惊讶了，继而又明白了：只要心中有爱，一切都会纯如天然，才会觉得他们如此自然地做着不可思议的“难”事。

朋友的爱给我们温暖，亲人的爱给我们关怀，爱人的爱给我们无畏。正是因为有了这些爱，才给我们带来一种踏实而自信的勇敢。生活中总有惊涛骇浪，有爱，我们就会无所畏惧。一切都可以从头再来，只要心中有爱！原来，只要有爱，没什么不可以等待。无论如何，青春总是美好的，就像是一首美妙而动人的歌。只要心中有爱，总会温暖我们的心怀。当我们在行进的脚步中思索时，不难发现人生有爱的风景总是写满生命的画册。感谢生命，只因有爱才会有个性的张扬、心灵的碰撞。冰心说过：“情在左，爱在右，走在生命的两旁，随时播种，随时开花。”让我们将爱延展成一条洒满阳光和花朵的大河，一起沐浴其中，欢畅其中。只因有爱，多年后打开尘封的记忆，追忆人生征程，眼前的风景依旧美丽。只要心中有爱，只要我们问心无愧，我们就会过得轻松愉悦。或许，爱只是一个微笑、一个眼神、一个拥抱。纵使是今生不能至达的彼岸，也会满怀感激。

心中有爱，才会有热情的向往、无限的眷恋、默默的期盼；心中有爱，每个黄昏与清晨才是相依的温暖、相偎的浪漫。打开心扉，让爱充溢心房。

被己感动

常常感动。抗震救灾时默默无闻者、保家卫国的人会让你感动；浪漫一点，夕阳下沙滩上漫步的老两口会让你感动；为了心爱的人舍身冒险只为去摘一朵小花的卡西莫多也会让你感动……但你有没有被自己感动过？

怎样才有被自己感动的时刻呢？只有对别人、对自己付出真爱，你才能被自己感动。当然，你得首先意识到这个问题。

给灾区献上一份爱心，只有那些真正发自内心捐赠的人才会有这种感动。这种人不是由于单位组织为照顾颜面而掏腰包意思一下，不是为了显示自己多么有“爱心”而捐赠。被自己感动，只能是被自己的真、善、美而感动。

每个人都有母亲，世界上最伟大的女性就是母亲。当母亲由于为丈夫和儿女操劳，或忙于工作而忘却了自己的生日时，你如果能为她献上一份用心选购或精心制作的生日礼物，那她会多么感动和欣慰，而你更会感到无比甜蜜，甚至泪如泉涌。此刻，你就在品尝被自己感动的幸福滋味。只惦记自己的人怎会有如此感动呢?

当朋友和你天各一方，当她从心底里需要你的关怀和抚慰的时候，一句温情的话语、一份精巧的礼物不仅会给她带去关爱和温暖，更能给她带去勇气和力量，你也会因此而心情愉悦。这些都是别人给予爱的回报。

被自己感动，首先是对自己给予爱。爱自己才会爱别人，爱自己才不会消极颓废，才不会在失败和苦痛中浸泡，才不会爱上自己的不幸。你一旦爱上了不幸，那么走到哪儿都是地狱。生活中，没有永远的侥幸让你沾沾自喜，也没有永远的不幸让你痛不欲生。在默默中积蓄力量，以图冲出困境，而不是空怀报怨无所为，这样你会被自己感动。

被自己感动，你会萌生无边的快乐和幸福的感觉，会激发对生活真挚的热爱和信任之情。被自己感动时，你就会走向甜美，走向真实的生活。生活中有很多时候，你可以被自己感动，珍惜它，丰富你的内心。相信有一天，你会大声说，我无数次被自己感动了，那时我会为你而感动。

爱心无价

寒意袭人的严冬阻止不住好心人的爱心奉献，在我们生活的这个城市，总是有一些令人肃然起敬的事情；总是让人眼里噙满感激的泪水；总是演绎着一幕幕爱心谱写的生命之歌。打开近日的报纸，面对一个个求助者，面对一双双渴盼的眼睛，面对一颗颗向往美好生活的驿动之心，心情难以平静。生活的不幸使他们疲惫不堪：有的人因为家庭贫穷，经济拮据，日子无比艰辛；有的人“屋漏偏逢连夜雨”，灾难频频光顾不幸的家庭；有的人由于单位不景气，家里人重病缠身；有的人经过不懈的努力好不容易走进了象牙塔，却又面临着肾移植的境况……然而，不幸中总有万幸。

好心的人们看到生活在不幸中的他们奔走呼号，心就会被揪得很疼。好心人试图通过种种方式，伸出援助之手来帮不幸的人们渡过难关。爱心的奉献，使得死神望而却步；爱心的奉献，使人们重新扬起生活的风帆。爱心总能拓出一条路，爱心总能得到呼应。

备受社会关注的四岁烫伤女孩小雪梅，在我的采访努力和社会各界的帮助下，首次手术成功，她那瘦削的脸庞终于露出了灿烂的微笑。如果没有那些好心人无私的帮助，小雪梅只有在这个寒冷的冬天，面临可能残疾的命运，且不说她今后的路如何行走，光是她父亲那混浊的泪水就足以使我们心颤。还有，我采访过的特困职工也得到了来自慈善总会、工会的爱心帮助，走出困境，走向新生活。物质上的帮助令百名特困职工感动不已，而媒体更给他们带来了一份精神慰藉。爱心，让不幸的人们感到了温暖，得到了安慰。爱心的力量是无法估量的，爱的奉献令人钦佩。

爱心无价，在这个物欲横流的年代显得如此鲜活珍贵。

耐住寂寞

寂寞之苦，人皆有之。

然则寂寞之乐，谁又能了解，又能细细品味呢？

生命是不停的船，其价值在于不断地前行，然而漫长人生路上真正耐得住寂寞者恐怕鲜矣！此种人若非大智则是大愚。俗语说得好，坚持就是胜利。成功是靠持之以恒的毅力得来的，的确，此话不假，但是，坚持谈何容易，必须耐住寂寞，耐住孤独。试想，茫茫沙漠途中，一个旅人若无非凡的意志，若无以寂寞的心境坦然面对苍茫沙海的胸襟，恐怕精神会崩溃，恐怕只是绝望。余纯顺万里迢迢，长途跋涉大半个中国，没有这种非凡的勇气，耐得住寂寞与孤独的心境，是绝对不可能做到的。钱钟书常年闭门谢客，潜心读书，学贯中西终成一代宗师，不也正说明这一点吗？

依此类推，耐一时寂寞成一时之功，耐长久寂寞者成非凡之功。正是如此，如果你静下心来抵挡住各种诱惑，认真做件事，肯定会做好它。

我常想，文人若耐不住寂寞，想成就一番大业比登天还难。岂非文人，拥有青春活力的年轻人若承受寂寞、孤独之苦更是如此。当然，我并不是要求他们都去苦守青灯，敲木鱼念佛经，只是希望做到“心静”二字，于沉思中悟出哲理，于反思中得出经验。

谈到寂寞之苦与乐，这里只是一个态度问题。长年累月面对那一系列方程式，那些堆积如山的稿纸，你会觉得枯燥寂寞吧？陈景润可不这样认为，对他来说，他是在享受着人生一种极大的快乐，为成功的奋斗之乐。李昌镐作为韩国围棋的“四大天王”之一，在博弈之中，几乎永远保持着一个姿势。寂寞中静观围棋人生，不恼，不怒，不急，不躁，真真切切。对他们而言，这些都不是苦，是乐于思考的乐趣，心中的快乐，无可比拟，难以形容。

说到底，这里所言的寂寞绝不是空虚无聊，无所事事，然则此种寂寞与成功毫不相关，纵使你脾性再好，可忍一时或长久，终究是虚度光阴，浪费青春。此种行为乃大愚之所为！

成功者的寂寞说到底，便是专注于某一点上的无杂念高度集中，“十年寒窗无人识，一举成名天下知”说的便是此中真谛。“板凳要坐十年冷，文章不写一句空”亦然也。

是的，我们都应该明白这个道理，一个成功的人至少是个能耐得住寂寞与孤独的人！

爱的代价

爱是要付出代价的，不一定是物质，虽然不需要物质支撑的爱情越来越少，但是，对于爱情代价的付出也分心甘情愿和迫不得已两种。

要说欲望这东西，那真是没边儿！没有的时候就拼命地争，甚至可以不惜付出任何代价。可真争到了，就会发现，其实不过如此，然后，失落感会随即而生。所以说，谁也别瞧不起谁，谁也不用去羡慕谁。

生命是一个漫长的过程，跌宕起伏充满未知。而情感又是生命中最难预测的难题，挫折、伤感有时难以避免。我们能做的，不是怨恨，不是纠缠，也不是分出是非黑白；我们能做的，只能是考虑如何才能将伤感降到最低。冷静一点，心平气和一点，试着站在对方的立场为对方考虑一点，或许，你的选择，就在理智之中。人生没有梦想就没有奇迹产生的可能，没有梦想就没有美好的明天。

别为生活中一些不顺心的事情而失去原有的信念和追求，也不要因为人生中一点小小的挫折而丧失对理想的追求、对人生的信心。振作起来，鼓起勇气。天，落雨了，给海带去思念；海，起风了，向天倾诉无尽的牵挂。曾经都有一个梦想，得到一份恒久的爱情，把一生的爱都投入，营造一个爱的天堂，搜寻着美丽，追寻着幻想。男人女人的爱情梦，最后落入失望，而那份情怀不过是深藏在心中低低的吟唱。走过雨季，真爱来临时，会收获一个丰盈的爱情季节。

爱是不用表达的，它在心中，是心的感受、心的体会，明知无结果，何须再争求，真爱无须得到，有的只是心的满足。爱别人幸福，被爱也幸福，无须结果，爱的代价只有心懂。是的，那些为爱所付出的代价，是永远都难忘的啊！所有真心的痴心的话，永在我心中。猛然间，想起一段歌词："走吧，走吧，人总要学着自己长大；走吧，走吧，人生难免经历苦痛挣扎；走吧，走吧，为自己的心找一个家……"我很喜欢这首歌，它的确能代表一个人的心情。每当听这首歌，心情就难以表达，所有真心的痴心的话会永远留驻在我们心中，虽然已没有当初那份对感情痴迷的诠释。

风起的时候，浪花追逐着浪花，瞬间消逝了。人生就如一片叶子，翠绿时充满了希冀和诱惑，枯黄时，一阵风吹过只有飘零的声音。生活中，很多的人往往要等到真正失去才明白那种痛彻心扉的伤痛，而一切都成了往日落花流水。茫茫人海中，总有一丝丝的缘分与我们擦肩，而又有多少人能在合适的时间、地点，把握一份属于自己的今世缘！每个人都有过被爱和爱别人的经历，但是，想想无论是被爱还是爱别人都需要付出的，没有付出的爱不是爱，所以爱需要付出一定的代价。事实上，爱的代价也是沉重的，失去时也一样沉重，拿得起放得下是举重，拿得起放不下是负重。

品茗聆听音乐之时，忽然发觉当手中的青苹果不再酸涩，才发觉挂念一个人的感觉会如此沉重；当爱情折磨得人精疲力竭时，才发现眼前的幸福是那么遥不可及。爱，就是付出，就是成全。当时间游走，爱情冲淡了，相爱的人也散了，在爱的历程中，各有所失而又略有所得，这便是爱的代价。

纯真童年

“萌萌，这是我的纸飞机，快还给我吧！”女儿的小伙伴琪琪说。女儿会心地笑了笑：“好的，还给你。”“飞了，飞了！”女儿将那架纸飞机用力抛向上空，承载着她的稚梦飞向不远处。一群小朋友叫着闹着追随纸飞机而去。看着一张张可爱的脸庞，嬉笑着，奔跑着，我不由会心地笑了。

童年的时光多么美好，没有烦恼。只可惜岁月荏苒，光阴似箭！童年的纸飞机，没有飞到成年的彼岸！童年的约定，没有成为后来的答案！

假如时光可以倒流，穿越时空的你，最想做什么？有人说，假如回到童年，我会静静地看蚂蚁搬家，不再需要母亲一次又一次地哄我，背我。会问母亲：为什么蚂蚁下雨前要搬家？有人说，假如回到童年，我不会再把爷爷的胡子扯得生痛，我会昂首望星空，耐着性子聆听奶奶的唠唠叨叨。会问：天上为什么会有星星？有人说，假如回到童年，我会安分守己地坐在教室里，不再扯前桌女孩子的小辫子，静听老师的讲课。

会问老师：恐龙是灭绝了还是进化成了别的物种？始祖鸟是不是鸟类的祖先？此刻，我终于明白：所有的问题，都在寻求未知的答案；所有的脚步，都在探索前进的方向。

童年于我，已成为美好的回忆和流淌的纯真。时间的裙裾拽回我的思绪，我们儿时，几乎没有什么像样的玩具，男孩子基本是打陀螺、滚铁环、玩纸叠三角，女孩子就是踢毽子、跳皮筋、跳格子，要不大伙一起玩捉迷藏、丢沙包等。玩的项目不多，却一样开心和投入。

那时日子像拉长的弓，无忧无虑。河边的沙石、河里的小鱼小草都是天赐的玩具，快乐至简。记得高山上，我们一群小孩，顶着烈日，不怕累地爬呀爬，手里还提着小铁铲和木棍，不知疲倦地翻来挖去，一心盼着能找到“黄参”（俗称小人参）。终了，找到找不到并不重要，开心就好。田野里，常常三五个孩子结伙，赶着一群羊，羊儿吃着草，伙伴们开始捡柴火，挖土豆，挖炉子，也不忘照看羊群……分工并各行其是。太阳下山了，羊儿吃饱了，土豆也冒出了香味，孩子们围坐一起分吃烤熟的土豆，吃着闹着笑着，妙趣横生。

很多次，我们带着各自精心制作的铁环，比谁的环儿滚得又快又稳，土路上风尘满身，但比拼的快意足以忘却一切；有时在家门前也热闹非凡，这儿一群小孩“斗鸡”，你争我斗，不分胜负，那儿一群小孩弹玻璃球，你追我赶，难判输赢。每天放学回家，丢下书包就跑出去玩，直到家长们吼着“吃饭了”，才鸟兽四散，各自回家。偶有个黄毛丫头跑得慢了，大家不忘取笑一番。青葱岁月，其乐无穷。

那时，我们穿的衣服、裤子、鞋，都常打着补丁。衣服清一色的蓝、白、黑，很少买成衣，因为多数普通人买不起。人们凭那时发行配额的布票买回布料自己做衣，最好的布料是“的确良”，却是我们不敢妄想的奢侈品。那时候女孩们基本没人穿裙子，因为观念守旧，还怕羞。只有“六一”，不管是缝缝补补的，或是合身不合身的，大家都穿得干干净净。

虽然生活清贫而单调，但在我们记忆里一样充满了成长的快乐、温馨、留恋、感动……回首儿时，往事历历在目，乐趣、天真、遐想交织成一首生命的长歌，延绵至今。

小区里，最快乐的莫过于我们的孩子们，他们三五成群地嬉笑打闹着，从这端欢笑着跑向那端，不停地穿来绕去，用他们没有烦恼充满好奇的童心演绎着只属于童年的美好。今天，玩具不再稀缺了，但钢筋水泥的楼宇间孩子们活动的地方不大，或是囿于生活的变迁吧！突然间觉得少了些什么……

年龄的增长，似乎淹没了过去。然而，记忆的闸门一旦打开，童年便清晰地呈现，仿佛又回到过往，陀螺、铁环、沙包、皮筋，伙伴们纯真的笑脸、盈盈的笑语都浮现于眼前、耳边……不知不觉中，我莞尔一笑，回味无穷。

欢乐是人生的驿站，痛苦是生命的航程。童年如同人生旅途中的一道风景，用思念谱成乐章，用祝福奏出期望，带给我们欢乐和幸福的人生。真心祝愿天下人拥有童年的快乐回忆，穿越春夏秋冬，走过悠悠岁月，让纯真牵手你我，走过世界的空白。在每一个日子里，珍藏童年，珍存这份甜蜜的感受，让思绪在记忆的天空中自由飞舞。

跨越时空的心灵对话

一个音乐哲人说过："真正的音乐只能用整个心灵来欣赏。"

多少次，在夜阑人静之时，独自聆听克莱德曼的钢琴曲《命运》，我的心总被那磅礴的气势所震撼，感慨于人生的沧桑、命运的多舛，更惊叹于人类勃发的生机、无畏的气概、与无情命运的拼争。

"乐圣"贝多芬的作曲已经无与伦比，加上"钢琴王子"克莱德曼的精彩演绎，怎能不令人心动？开篇一连串高音的叠奏，随着克莱德曼手指飞快掠过琴键而迸出，这哪里是音乐，分明是叩门声，是无情无义而又戏弄人生的命运之神在叩击贝多芬简陋住所的木门。强烈而急促的叩门声已经让音乐家坐立不安，心烦意乱。他在回忆的痛苦中思索，在思索的无奈中彷徨。彷徨于甜蜜的往昔，彷徨于苦涩的现实。渐渐地，节奏变得舒缓、柔和，也许是在重温儿时的旧梦，流动的音乐仿佛春夜中的莱茵河水和照在河面的粼粼波光。贝多芬在音乐中审视自己苦难而非凡的命运：温馨的家庭不复存在，初恋的情人飘然离去，爱情的火焰已经熄灭，美丽的故国也拒绝了他的赤子之心，曾经寄托了自己的理想为自由而战的偶像，原来只是满足个人权欲的暴君……只有心爱的音乐一如既往地陪伴自己。

然而，命运之神的光临究竟会带来什么？音乐家只能叩问自己本已孤独的心灵。低沉的旋律在单调地重复着，它绝不是躲避灾难的无助祈祷，而是火山爆发前大地的阵阵轰鸣。音乐家从彷徨走向坚定，在音乐中感悟了人生：或许人生真是一场梦，但它更是一场战斗。命运之神千方百计地扼杀这个天才的音乐家，无数次的打击却使他更坚强，他为命运带走了他音乐家最宝贵的听觉而诅咒、呐喊、咆哮。克莱德曼也一改往日的温文尔雅，激越的钢琴声伴随着音乐家的咆哮一起宣泄。

贝多芬毕竟是贝多芬，在饱尝了普通人的痛苦和音乐家的不幸之后，又一次站立起来，蓬乱的长发，青筋暴起的额头，犹如一只正在吼叫的雄狮。这时，克莱德曼的琴声也由低沉转向雄壮，高昂的旋律与音乐家的怒吼混响、共鸣："让所有不幸都来吧，我要扼住命运的喉咙！"

琴声戛然而止，只有音乐家的吼声在我心中回荡，是无情命运创造了天才的贝多芬，还是天才的贝多芬创造了不朽的《命运》，只有克莱德曼才能说清。他在弹奏中与贝多芬交谈，从交谈中获得了音乐家的天才灵感，所以将《命运》演绎得如此动人心魄。

是无尽的想象，还是美丽的幻觉，我已不去关心，只是感叹于音乐家不幸的命运，更折服于音乐家对不幸命运的回击——《命运交响曲》。

"可以被命运击倒，但绝不可以被击垮。"钢琴王子对我说，眼睛里依然充满忧郁；笑容，还是那样迷人。我终于懂了，这首钢琴曲为何如此完美，它是两位天才音乐家跨越时空的心灵对话。

精神皈依

又是世界杯，人们沉浸在那个始终转悠着的足球上，不管是女人的尖叫，还是男人的号叫，歇斯底里中始终渗透着荷尔蒙的气息。醉意人生也罢，纵横球场也罢，快意恩仇也罢，这个世界是如此的张扬，毕竟有一种精神在支撑。

要让世界杯在俄罗斯号角劲吹，谁会暗潮涌动，谁会波涛澎湃？这个答案对于足协主席、球队主帅而言或许不是难题，因为他们不需要精神的解脱，他们只需要一个结果，不管是正是负，总之绝对值大就可以了。看他们高昂的那颗比足球更具有动感的头颅，想必答案早已成竹在胸。

不得不承认足球需要一种精神，这种精神不是哪个球星或是球队可以具有的。在充满悬念的世界杯中，巴西可能是最大的“挑战者”。从来没有一支球队这样令观者神往，令战者心悸。但是，我却以为巴西会输在场外，甚至死于灿烂，这是精神释然的结局。没有精神的升华和精神的洗礼，自然会败得一塌糊涂。

透过绿茵场，我看到了一张张灿烂的脸。在欢呼中和悲伤中，他们的精神是一种欢愉，他们的精神是一种激荡。三十二支球队在球场你拼我争，就是为了圆球洞穿一人坚守的、吸引眼球的那道门。门破了，除了支离破碎的那张脸，还有更多驿动的心。群情难抑，球动天下。这是一种精神奔流，这是一种精神狂泻。犹如一场不期而遇的暴雨，过后可能是灿烂阳光。

足球需要精神的皈依，这种皈依是建立在向上奋进中的。奔跑、欢呼、呐喊、竞争……这里没有孱弱，这里拒绝平庸！充满魅力的足球精神为我们带来的是清新、强劲，是激情、拼搏……足球精神，驰骋绿茵。世界杯足球赛的影响力，有时候不仅仅是因为足球，它可能更是因为我们从一支球队、一个队员身上，看到了一种力量，一种精神状态，而这种精神让我们震撼，让我们钦佩。足球场上有被动，有低调，有不爱张扬，但绝没有孱弱！德国足球强调理性坚强，哪怕比赛只剩最后一秒，他们也不会放弃．战斗不止，进攻不止；意大利队，也许离成功总是一步之遥；可他们却没有痛苦和遗憾，更多带给人们的是在黑暗中看到光明；法兰西队赛场上个个生龙活虎、奋力争抢、一往无前，无论输赢都沉着稳定，对于他们而言，拼搏是制胜的法宝。毋庸多言，在球场上，进取与拼搏也是每个人必不可缺的潜质。足球本身让人快乐，而团队精神则是足球的灵魂。任何一场比赛，如果没有一个团队的打拼，再优秀的队员也难抵劲敌。德国足球一向以团队精神而著称、荷兰的全攻全守、阿根廷的钢铁之师。事有可为与不可为，所以要有一种精神。

这种足球精神，仿佛有力的呐喊与燃烧的激情，由远而近，在似乎混沌的球场上让我们变得清醒、变得睿智、变得有力。

第三辑　尽在不言中

快不快乐

每个人都拥有快乐，但每个人获取的快乐各不相同。快乐是一种享受，快乐是一种催化，快乐更是一种升华。男人照镜子是看气色，女人照镜子是看姿色。给朋友一个惊喜，能分享快乐；给家人一个惊喜，能带来许多快乐；给孩子一个惊喜，能激发其快乐；给同事一个惊喜，能递进快乐。也许一声轻轻的问候，一次贴心的关怀，一句温情的话语，一个灿烂的微笑，一颗诚挚的爱心都能给人送去意料之外、情理之中的快乐。奉送快乐，快乐会更多。

在快乐中徜徉，在快乐中寻找自信。快乐不在于别人“赏赐”，而在于自己“营造”。但是，在快乐中不能得意忘形，在快乐中不能见异思迁，在快乐中不能忘乎所以，在快乐中不能迷失自我，在快乐中不能走向深渊。

把自己的快乐告诉他人，大家共享，其乐融融；把别人的快乐视为自己的动力，那是一种向上的力量。让快乐长上翅膀，徘徊在成功的周围；让快乐伴在身边，成为时刻奋进的力量。

快不快乐，意在自己。一个人最优美、最迷人、最值得赞美，也最耐得起欣赏和品味的一个姿态，就是快乐的样子：或手舞足蹈，或抿嘴微笑，或满面春风，或近乎发狂。“面朝大海，春暖花开”，对我们来说只是一种景象，而对诗人来说却是快乐所致。快乐是人的影子，它忠实地伴随着人的一生。一个人可能一无所有，但不能没有快乐。

是的，这个时代变化得让人眼花缭乱，包括思想，但唯一不变的是人的快乐。快乐始终左右着每个人的行进。在人的生命里，没人能够删除快乐。有点累，有点忙，有点乱，甚至有点无所适从，但这一切都会在快乐中恬适。相信，快乐就在每个人的眼前！

好友的一则短信至今留存在我的手机上：快乐总与宽厚的人相伴；财富总与诚信的人相伴；智慧总与高尚的人相伴；魅力总与幽默的人相伴。

不变之变

活着，是幸福的。幸福是为了更好地活着。在活着的同时，我们都在一切变化中变化着。

也许，简单中孕育着复杂；而复杂中又演绎着简单的细节。机械的动作背后是麻木的双眼。纵使水结成了冰，冰又化成了水，只要我们活着，没有什么是不可改变的，除了我们每个人那颗跳动的心。

如城市的美女，像春的枝头吐蕊的风景。美女是城市音乐中的一个音符，是城市节奏中不可或缺的一段音律。因为，她们不时地改变着自己妩媚的面孔和魔鬼般身材上覆盖抑或是熨帖得当的霓裳。姣美的面庞洋溢着春的气息，昭示着夏的火热。在搔首弄姿中抒写着美的意境；在明眸善睐中传递着美的信息；在啧啧赞叹声中沐浴着美的幻境；在孤芳自赏中叹息着美的稍纵即逝。而唯一不变的是在向往美神青睐的时刻让青春之美永远留驻心房。不管是否情愿，心中仍然燃烧着一团美的火焰。

女人尚且如此，而男人呢？一边燃着袅袅升起的青烟，一边在狂饮啤酒花中喊天骂地享受着足球带来的愉悦和悲伤，不管是输是赢，每场球赛男人们都一鼓作气地看个不休。输了，在歇斯底里、近乎发疯的状态中发泄自己憋在心间的郁闷；赢了，在欢呼雀跃声中大口大口地不停饮着啤酒。因为，对于他们来说，足球不过是变相了的精神支柱。球场上的变化也折射出男人生活中的亢奋。不管结果是正是负，总之，绝对值大了就可以。毕竟足球是圆的，怎么变，圆心是不会改变的，正如世界的一切都在变化。物质是运动的物质，运动是物质的运动，唯独不变的是地球绕着太阳转这一亘古不变的真理。

城市中的人们，每天都以不同的面具变化着。无论是强作笑颜，还是急流勇退，抑或是奋发向上，在不断的变化中摄取着不同的养料。唯一不变的是，始终关心着明天能否赚取更多的金钱。毕竟，生存是为了发展，而发展是为了更好地生存。

四季轮流交替，太阳照旧从东方升起。在变与不变中，每个人都演算着心中永远也解不开的“应用”题。变则通，不变呢？其实，一切的变与不变都在诠释着人的思维以及人的全部。毕竟，人是高等感情动物。不信，等哪天看看，如果一切都在不变中变化，或者在变化中变化着，那又是一种什么感觉。

不过如此

生活是一种状态，生命是一个过程，生存却是一个实在的斗争。这个斗争或许是自我的，或许是环境的，或在是社会的，或许是世界的。

一个偶然的机会和一位名气很大的作家闲聊，在交谈中，这位作家说了一句很有意思的话。他说，人生说白了就是和自己斗争，这个斗争结束的方式是回归自然。听完这个说法，想想人生大抵如此。

权力是至高的，荣誉是无上的，生命是短暂的。如果把手中的权变成钱，或变成女色，就会变成走向深渊的通行证。当幡然醒悟时，为时已晚，后悔当初没好好把握人生的“方圆”之术。权力、荣誉、生命是不会在一个天平上衡量的，许多人都知道这个道理，可往往总是人前说着一套，人后又做着一手。在鬼迷心窍时，可能会不知不觉中把自己的生命也给搭进去了。回头时才知输得一塌糊涂。前面看着别人的悔罪书，后面做得比别人还残忍；刚送完丧嘴里还感叹人生苦短，可是离开陵园还不到一公里，该干吗干吗；今天在看别人的笑话，说不准明天自己的笑话就被别人看了。

寒塘渡鹤影，冷月葬花魂。人生几度秋凉？人生不过如此！我不想也不说，反正生活和生命不过如此。天黑了，我微笑，暗叹黄昏太早，不经意间，也许是从一个随随便便的声音和动作中开始的，许多人（包括我）便在这个看似漫不经心的瞬间陷入了生活这个搅得人身心晕晕乎乎并且不分昼夜、疲于奔命的大泥沼。然而，在品尝到个中滋味之后，才发现生活的味道不过如此。

一些朋友，尤其是女性朋友，在真正体验了生活后发出了这样的感叹："生活也不过如此。"仿佛我们被感官欺骗了，曾经如此强烈渴望得到的东西并不太美好。但事实的真相真的如此吗？还是我们的感官真的欺骗了我们？人的感官是不会"欺骗"我们的，只是我们自己有时会欺骗自己。发出了"生活也不过如此"的感叹的人只可能是出现了这样的情况：当生活再次跟你开了个小小的玩笑，而这时间恰逢又是一个轮回，你已无话可说。你是海边的一粒沙，任凭海浪摆布，你无法主宰。如果沙粒会流泪，你会流泪吗？也许不会了吧，你的泪已经流干。你已经经历过这一切，你深深懂得这其中的痛楚，无法超越，无法改变，只能继续默默地做你的沙粒，继续任凭海浪摆布。一直都只是颗沙粒，偏要妄想去做那海浪。那曾经有过的美好不属于你，因为你只不过是颗沙粒。你的生活，不过如此。应该不是，我想。人生并非一年四季无常地轮回着，而是一生不过四季不停地流转着，期间"日有短长，月有死生"而已。二十归去，三十归宿，四十则淡淡一笑，举起生命边缘的剃刀，剃去时光。这才应是对人一生况味的达观看法吧！

爱情，不过如此；生活，也不过如此。生活之外，更不过如此。这世界，好多不过如此呢！我只说，只要我愿意。一切的一切都不过如此。

不留空白

谋生的意念像脸颊上的胡子一般疯长着，在这举目无亲的城市里，想心安理得地边喝咖啡边欣赏亮丽风景，谈何容易。我努力地设计着各种挣钱的方案，并骑上风烛残年的破自行车东跑西颠地努力去兑现。流淌的汗水中结有微小的喜悦，以及莫大的失落与酸楚。当然，我不是财迷。记得临上大学前还是文绉绉的一个白面书生，母亲常对左邻右舍说："我家的儿子跟姑娘一样，将来准没出息。"

平日里粗茶淡饭，填饱肚子就行。可一晃到了滋生爱情的年龄。穷也阻止不住爱的欲望，偶尔有那么一位傻姑娘执意要陪你唱"你总是心太软……"口渴总不能老喝白开水，饿了也不能光吃清汤牛肉面。况且，节日多如葡萄串，一个接一个，随便略表寸爱，就要花去大半个月的薪水。我生就一副软心肠，不照顾好别人，自己浑身难受。将来的事情不敢去想，换个好点的房子，让孩子接受好的教育。唉，可谓"钱途茫茫矣"。

年迈的父母还在远方的城市盘算着怎样生活。他们的日子过得无比艰辛，无比困顿。弟妹们为了支持我求学，已过早地承担起生活的重担。如山的负荷压在他们孱弱的肩上，我的心在流血！我的亲人们老实本分，如同黄土地。表弟表妹们把我看成“有本事的人”，他们企盼我能荣归故里、衣锦还乡，以便荫及大家。可我一旦走出陋室，步入熙熙攘攘的人流，心中便只有浮萍的感觉。

好在我尽可能不让自己一星半点儿地闲下来，除了采访，日常的文字工作外，还信笔涂鸦抒发自己空寂的心灵，四处投稿，换取稿费，贴补开销。

闭门不出的时候，我躺在床上翻着旧影集，看隽永的散文诗歌、深远的长篇小说。我愿将所有的感受详细地写在一页又一页的信笺上，寄给已经成家或已在热恋中的文朋诗友们，也时不时经常牵念远方的老家，寄去一些时鲜水果，母亲总是如看到朝思暮想的游子一样，含着泪花长久长久地打量，并念叨着“这娃，花这钱干吗……”

又是一个凄冷的冬夜，也不知家中如何？

不言而喻

身在喧嚣的都市，每天在奔波中阅尽众相，思索生计。诚然，一种好的心情或许是这个城市里唯一使人释然或愉悦的享受，因为没有什么可以掠走这份心情。

或许每个人都在做着身不由己的事。整日劳作，使一切消失殆尽。强作欢颜，尽情享受或是埋头耕耘，总之，少了一份真诚或是一份责任。毕竟，是在身不由己中行走。

当都市的欲望弥漫在无法抗拒的呼吸中，我们的精神也由此驶入了苍凉之道。内心的不安，孕育出种种难以慰藉的心情，这种心情或许扭曲了灵魂，改变了人性。

有一种感觉叫寂寞，有一种生活叫无奈。只要留心，你就会发现，在世间纷繁复杂的动荡之中，人生的内容会残存一份感动，这种思绪便缀成了文字。如果你看到了它，请静下心来细细地品味，因为有许多没有写在字里行间的东西。语言的力量是无法估算的。

寻找精神的皈依，才能不丧失自我，才能在人性中挥洒自己的人生。

在阅读人生的同时，人们企求找到一种精神寄托，或狼，或羊，或藏獒，这是一种喧嚣过后短暂的精神复苏，更是一种寻找人性的途径。

虽然一些人自己有所建树，而实际上连修身、齐家都做不到，何谈治国平天下呢？有时动物的表现反而启蒙了人类的冲动，比如狼性、獒性、羊性。有人具有狼性，这种狼性是建立在贪婪自私、凶残、不择手段上的；有人具有獒性，这种獒性体现在智慧、忠诚、勇敢、团结上的；有人具有羊性，这种羊性基于温顺、沉默、逆来顺受、毫无挣扎、悄无声息之上。总而言之，建立在这些基础上的人性不言而喻。

是的，我不得不承认，当日益突出的非理性外衣包裹着理性，挣脱桎梏向前冲刺时，我们的人性越发显得苍白、脆弱。就在我们徘徊、辗转，难以寻找自我、迷失自我、重新塑造自我时，不妨做只藏獒吧！或许，这是一种生存的契机抑或是生活的境界。虽然，藏獒有时是凶猛的、冷漠的，但它更多的是一种自我反省、自我约束、独善其身，至少在利益纷争的时刻，它是沉稳的。

在逐利的时代，很多人显得浮躁不安、空虚、自私，在寻觅出路的同时，步入了极端的利己主义。很坦率地说，有些人缺乏一个支点，同时也缺少塑造一种风骨，更缺乏一种精神。这种精神有时来自动物身上的“灵性”。如果有了精神的复苏，或是激活精神的灵敏，或许人与人之间就会多些忠诚和信任。至少，洗涤了灵魂，纯洁了心灵。

言不由衷

衷心地祝福，衷心地交往。一切都是从心开始，然而，生活在这个物欲横流的时代，很多人都把自己的心裹得严严实实。言不由衷，在无奈中更加有恃无恐。

堆满笑容的脸庞上，言不由衷的话语之间，用真心换取一颗真心或是善心不再是言语所能及的。我们不指望把日子过成段子，但也绝不能把日子过成骗子。

是的，不得不承认，这世界变化真快。昨日还是台下的看客，现在已是台上的演员。混战已经烟消云散，局势已经明朗。序幕拉开了，好戏在上演。命运对我们说，去做一点事情吧！然而，我们却在言不由衷中溃败得一塌糊涂。

江湖其实是个虚拟的空间。它只存在于我们的意识之中。大多时候我们言不由衷，有时候言不由衷又忽然让我们享受了短暂的愉悦。

真正需要言不由衷时，刹那间竟哽咽无语；也许是情到深处，或许一无所获。这就是所谓的意识和虚拟到底是不是一种存在。往往最简单的就是最致命的，生活本身就是一种很残酷的状态。余华曾说：“伟人的内心都是不安的，欲望也一样。”情欲如风，在最美丽的瞬间，消逝了。

常常在深夜不能成寐，究其因是睡在人家的城市。这样的日子在我四处奔波之时一再上演。当城市的朝阳透过窗户射进来时，对于我更多的则是疲惫不堪。

这些年，我周而复始地奔波于城市与城市之间，在别人看来是游山玩水、休闲度假。对我却是一种“逃逸”或是“打拼”，目的大家是相同的：“钱”途和前程。在行走中随时面临着一种可以改变生活和生存状态的触媒，这个现实问题刹那间会让人绞尽脑汁。

高兴了多说几句，不高兴便沉默是金。但在奔波中多是言不由衷，仿佛时刻生活在一种虚拟的空间。这种言不由衷是凄美的。在我认为，凄美是一种最美，这时常让我想起佛家的拈花微笑。

是的，应该在自己与别人之间设置的，不是通道，也不是墙，而是一扇门。这扇门的钥匙有时就是言不由衷。诗人海子说：“从明天起，做一个幸福的人。”是这样，从言不由衷的话语中把自己解脱出来，就是一种幸福。这种幸福，会留下更多的遐思和无限的思忖。

淡泊不易

淡泊并不等于保守、平庸，也绝非远离人间烟火的超然脱俗，它是相对于逐名追利而存在的一种文化人格，是我们国家几千年来很优秀的一种道德传统。历史上，一些很有作为、很有影响的人物通常都有一种淡泊名利的精神境界。没有一种平心静气的淡泊心态，隆中的诸葛亮能够静观天下风云吗？黄叶村的曹雪芹能够潜心著述千古佳作吗？若只斤斤计较个人得失，彭德怀也许就不会为万言书庐山招祸，孔繁森更不会有三次进藏的壮行了。所以，尽管有商品经济大潮的涌动，我们还是应该在某些方面固守我们民族的传统品格。

但是，淡泊也并非易事，尤其在一个物化的世界里，要做到真正的淡泊很难。以“安能摧眉折腰事权贵，使我不得开心颜”而自许的李白，够飘逸淡泊了，可也有他“仰天大笑出门去，我辈岂是蓬蒿人”的不甘寂寞；西晋大文人、著名美男子潘岳在朝为官期间，写了《闲居赋》《秋兴赋》，充满了厌恶名利、渴望田园归隐的思想，但史书记载，他“与石崇等谄事贾谧，每候其出，与崇辄望尘而拜”，哪里还有一点淡泊的影子？而今，有人挂着“淡泊明志”的条幅，看似雅致得可以，却在时时察言观色，为名利奔波。尽管是这样，我们还是要倡导一种于名利而淡泊的心态，踏踏实实地做我们应该做的事。唯如此，社会才会改变一种浮躁的态势，人们才会扭转急功近利的做派。

第四辑　岁月觅知味

生命的家园

走过了许多的路，经过了无数个人生驿站，却始终没有寻觅到属于自己生命的家园，无论是风雨兼程，疲于奔命，还是品茗苦读，静默沉思，总想找一处栖身之地，借以歇息。

曾经在红格如雪的半亩方塘苦苦耕耘；曾经在茫茫人海、喧嚣都市中寻找自己的坐标；曾经和文朋诗友盘坐于菩提树下共聊人生；曾经梦想为拯救正义的灵魂而砸破桎梏，为维护真理而挣扎在流言蜚语中。但这一切犹如一座座负荷沉重的山峰压在我孱弱的肩膀上，使我苟延残喘。

记得有位哲人说过：不要一味地去走别人走过的路，要走出属于自己的一条道路来。这句话在我的心灵烙下了不可磨去的印记。可是，现实却让人难以置信，每走一步都是无比艰辛的，需要忍受意想不到的苦难。虽说苦难是人生的一笔财富，但是，有些精神上的苦难甚至会摧垮心灵城堡。物质上的苦难可以想法解决的，然而，精神上的苦难连救世主都无法帮助解脱。

有时，如一只迷途的羔羊穿梭于未名的道路；有时，如一名行者不知日落归宿于何方。不知不觉中，已经走过了很多的路途，其间，有过彷徨、有过失意、有过艰涩，也有过辉煌，但均未达到自己的目的地，寻找一方乐土，来聊以慰藉枯竭的心源。

生命就这样一天天随着撕去的日历如翩翩黄叶远逝，莫名的心绪灼望着一片灿烂的朝霞，伴着好的心境去营造一个家园，在这个家园里才能迸发激情，发泄压抑，重新塑造一个自我。

生命的家园在何方？我不知道答案，只是一味地去追求，一味地走下去，一味地用心灵去筑造，不加任何修葺。

无缘做一个行者，只愿有缘做一个生命家园的主人。在这里方可得益于心胸，放眼于尘世，因为没有束缚自己的绳索，这样的生命才会显得更加年轻，更加有为。

不管路途如何，都要用心地去营造一个生命的家园，这才属于自己！

生命的歌唱

> 有一种鸟，它的一生只能歌唱一次。为了唱出比夜莺还要美的歌声，它必须把自己钉在最长最尖的荆棘上……为了情感，人们是会嘲笑清高……还会亵渎上帝的。

我必须承认，当我仅仅读了题记的时候，就已经被深深震撼了。但是，当这本被誉为“澳大利亚的《飘》”的世界名著《荆棘鸟》放在我案头，我发现了一件多么遗憾的事情——我不能重述书中美丽的故事，也并不想简单地归纳它到底反映了什么，尽管它的凄美、壮丽已在我心中激起巨大的波澜。

世上有大美，人间有至情。生活馈赠了你什么，还要看你怎样接受和对待。我想作者无意将书中的人物界定为孰是孰非、谁善谁恶，我唯一感到的是闪烁在作品中不灭的人性光辉。我喜欢书中牧歌式的田园生活，这种生活的模式被作者紧紧浓缩于德洛耶达这个典型的地方。它宁静而美丽，悠闲而舒适。

是的，它不乏人世的恩怨和天灾人祸，然而，它依然是静谧秀美的。一种宁静，与其说是一种环境，毋宁说是作者的一种心境，或者说它更是书中每个人物的心境，哪怕是怨是恨，是冲突或斗争，也只能归于一种原因——爱。唯其由爱演绎出来的故事，才是缠绵的、凄美的和壮丽的，哪怕是悲剧。

我热爱书中的每个人物。他们不矫饰、不虚伪，他们热爱着生活，追求着幸福，虽然在这个过程中有苦有泪甚至有血还有死，但他们那么认真，那么执着，打动你的是那种美好的真情。在菲、梅吉、朱丝婷三代人在追求幸福的过程中产生过历史的重复，菲和梅吉母女二代的情感经历是何其相似，但是，不是所有的苦难都会随风飘散而不留痕迹的。这种结论验证到梅吉的女儿朱丝婷的身上——她最终战胜了上帝，紧紧抓住了自己的幸福。我想这就是那只想放声歌唱的鸟能微笑地飞向会带给它死亡的荆棘树的原因所在吧。

有一首歌是这样唱的："投入地爱一次，忘了自己。"可投入的人少了，玩世不恭的人多了。我想说："投入地生活一次吧！"哪怕生活的刺，尖锐地刺进我的心脏，使它流出了殷红的血，我也要笑着——感谢生活，感谢生命！

生命的风景

读不尽的是自然。山的妩媚、稳重、俏丽；水的跌宕、平静、舒缓；平原的广阔、雄浑、壮丽……都给人以美丽的享受和启迪。人从自然中来，画一个圆圈又回归自然。自然是人类的母体和伙伴，她不仅给人以养分，而且能消融人的失落和愁绪。陶渊明沉溺于山林里，他生命和智慧的激情、张力和痛苦，也全无声地浸润于自然中。

松菊兰柳，孤云余晖，朝霞宿雾，飞鸟游鱼，红树青溪，春光盎然。这里的自然已熔铸了他整个生命的寄托，自然之景传达的是自然之性：时光流逝，壮志未酬，玄鬓已白，哀情可感。万事万物无不渗透着生命的真与纯。卢梭晚年虽然孤独凄凉，但巴黎郊外的林荫路却曾陪伴他八年的时间。他在林荫路上散步，美丽的景色总激起他极大的喜悦和乐趣；他也正是这样兴高采烈地穿越林中的片片草地，不时停下来注视翠绿丛中的花草。

每遇上一株新草，他都情不自禁地发出一声赞叹：“瞧，又多了一种植物。”他说：“我只有在忘掉自己时，才更韵味无穷地进行默思和遐想，并感到那莫可名状的欣悦和陶醉；可以说，我融化到万物的体系之中，与整个大自然浑然一体了。”自然就有这么一种神奇的魔力，她像一位母亲的手轻轻抚摸你的面颊，带给你温情和慈爱，熨平你所有的孤独、痛苦和忧伤。

当我们穿越自然的风景线，人生的风景就写在我们生活的章节里了。清晨，扫地的人挥帚是奉献的风景；上班时如潮的人群、嘈杂的声响是追求的风景；秋日采摘是收获的风景；夏日“锄禾日当午”是写意的风景；还有孝的风景、爱的风景……真诚使人感泣，善良使人亲近，美丽使人愉悦。只要你心中时时有感悟和热情，生活就会献给你以真善美为主题的风景。

生命的等待

生活中无论是好事、坏事还是平常事，只要不可避免地到来，在未卜未临之前，都需要我们的等待。

对于平常事的等待，我们有一颗耐心足够了。最是那令人心动的好事，等待的本身就是一种幸福，美中不足的只是光阴的难挨。譬如，将自己感情焚煮的文字封存在一个偌大的信封里，然后在信封上工整地写上编辑部的名称，虔诚地投入绿色的邮筒。在那段日子里，最幸福、最快乐的事情就是等待编辑部的回信，不管是退稿信还是采稿通知单抑或是样报的到来。我仿佛就是为了等待而活着的，尽管有时收获的是失望，但这样等待足已为我单调劳累的生活涂上几抹亮丽的色彩，甚至令我激动不已。

在坏事不可避免地到来之前，等待是一种折磨、一种煎熬。我曾见过临刑前的死刑犯，我揣摩着他们当时的心情，不可能将一门心思都聚焦在那一充满正义的致命时刻吧？他们在恐惧悔痛之余，定会想到自己曾经罪不容诛的行为，以及这罪恶给亲人的心头留下的难以愈合的疤伤和无法消失的悸痛！世间最可怕的并不是猝然而至的灾难，而是时至厄运却要苦煎苦熬的这段等待的过程。

无论好事、坏事还是平常事，只要我们预感到了，等待的结果是明确的，真是“等”有一番滋味在心头。学生对高考分数公布的等待，与丈夫在产房外对新生儿初啼的等待，其中相同的是心境，不同的是心情。

只有真正成熟的人才善于等待。无论是在充实中等待还是寂寞中等待，美丽的等待是希望的第二灵魂。生命给予每个人的机会，你为善或为恶，你求名或求利，你事人或事己，都在于你的选择。有多少人坐失良机，守株待兔，沦为凡夫俗子；又有多少人应运而生，创造奇迹，终于辉煌一世。人生之所以美好，总能诱惑着我们前行的脚步，我想仅仅因为有等待——生命的等待！

生命的慌措

我在过去和将来的中间，看见过去的生命没有挥手，就决然地离我疾走了。

我慌措，而且忧愤。

我把圣洁的灵魂奉给人生的祭台，但它却背对我。我不知道，它是羞愧我，还是无地自容。

有谁还记得那个满身缭绕着麦香和泥土气的农家孩子呢？在走向未来的路途中，我只觉得，夭折了许多美好质优的根芽。命运的大手委弃在心底上的文明碎片，我从中看不出自己的将来。二十多年辛勤耕播而培植的生命信鸽，我还未来得及放飞，还没来得及倾听它的啁啾和欢笑，就成了一种生命的回响，展览在历史的博物馆里。

我慌措，我不能不忧愤。

过去对未来的幻想总不是现实的现在。在一个人的生命航程中，还有什么比过去对未来的嘲弄更悲哀的呢？

我站在车水马龙的城市中央，看着涌动着金钱和物欲的人流，却找不到自己的选择，又到哪里安放自己逝去生命的遗存呢？

有人说，灵魂在高处。我想，即使这样扎根大地、吸露啄水的生命都已如此孱弱，如果把它置于清寂的高处，又如何不会命若游丝呢？

我慌措，我实在不能不忧愤。

我何尝没有想过吐纳这过去生命的最后一腔热血，做孤注的振臂一呼呢？如果它真的能使过去的幻想和生命的精魂找到可以游牧的家园，即使化为泣血的杜鹃、衔石的精卫，我又何尝不心驰神往呢？

这年轻的过去到底会给遥远的未来怎样一个启示呢？我前觅后寻，冥思苦想，终不可得。

但我相信，在人生的祭台上，任何生命的归去，最终都会留下刹那间的一抹光芒。在这细微的亮色中，我是否还会找到诞生生命乐章的那根琴弦呢？

我慌措，我真的不能不忧愤。

生命之于每个人的归宿如何，确实是一道难解的题，答案呢？就在于每个人的解法。

生命的本色

闲暇时随便翻书，偶见纪晓岚《阅微草堂全书》中的一则故事，颇耐寻思。据《四库全书》记载，沧州有个举人，书房被狐狸占据了。那狐狸挺猖獗，白天也掷瓦石击人，弄得刘举人家鸡犬不宁。州府里的董知州闻此事，自忖是位清官良吏，理当为民除害，便自告奋勇地亲自前往驱逐狐狸。他在刘举人的书房里侃侃而谈，义正词严地大讲人妖异路之理，谁知那狐狸竟然朗声讥诮起来："先生当官，很爱民，也不贪钱，故此我不敢掷瓦石击你，但你爱民不过是为了求名，不贪钱也是怕有后患，所以我也不怕你。先生算了吧！不要在这里多嘴多舌自讨没趣！"董知州闻之，羞愧窘促，狼狈而归。后来有一日，狐狸对举人说："你家里有一女仆，虽说卑贱，又粗又蠢，但却是个真正的孝妇，鬼神见了她犹恐避之不及，何况我这狐狸？"刘举人也够聪明的，他二话没说，随即便让那女仆住进了书房。结果，猖獗一时的狐狸当天就销声匿迹了。这实在是令人啼笑皆非的事情。那位刘举人，读的是圣贤书，念的是修身齐家治国平天下的经，可到头来他的书房却让狐狸占据了，满室的书香墨芳荡然无存，弥漫的却是一股狐臭腥臊。可怜他书也没法读，经也没法念。还有那位堂堂知州，官不可谓微，经不可谓卑，智不可谓低，识不可谓浅，且清廉爱民，口碑甚佳，本想见义勇为，再图美名，谁知却自讨没趣，虽不曾遭狐狸的瓦石击打，却被狐狸辛辣地奚落了一顿，弄得满身晦气，狼狈溜之。倒是刘举人家那名女仆，尽管其质地粗蠢，其位也卑贱，属于无可置疑的下愚，但不怒而威，无势而刚，凛凛然不可侵犯令鬼神避之唯恐不及，使猖狂的狐狸胆战心惊落荒而逃。何哉？真性本色不可欺也！

《中庸》里说“率性之谓道”。所谓“率性”，我想无非就是尽人之性，彰显生命的真谛，坚守作为万物之灵所应有的素质。得道者，当自强也；失道者，固自强也。人，既不能自欺，也不能欺世，更不可幻想恶果能结出佳果。否则，则无异于自毁青枝绿叶的生命之树。

事实上，无论是持性善识者，还是持性恶说者，大概谁都不可否认——我们每个人，在生命的旅途上，在所生存于斯的环境和氛围里，都企图以一个良好的社会形象面对世人，都不愿自己的脸上有污垢，哪怕只是一丁点儿。漂亮的脸孔人人爱，这大约也是一种普遍的人性吧？所以，为官也罢，为民也罢，身在庙堂也罢，沦落江湖也罢，满腹经纶也罢，目不识丁也罢，人们都期望扮演一个善良与正义的角色，都渴望自己的脸面光洁无瑕。应该说，这种向善的愿望本是无可厚非的。但问题是，愿望是一回事，行动又是一回事。善愿并不是义举。而实际情形都不幸被老子言中了：“天下皆知美之为美，斯恶已；皆知善之为善，斯不善已。”向善的愿望往往蜕变为伪善和欺诈。

本色，是一种境界，一种力量，更是一种生命的肯定。排斥虚伪，本色不容玷污！

漂泊的生命

汽车在盘旋的山路上急驰，看到沟沟壑壑的黄土地，我深感辽远的黄河竟如此令人震颤。那些驻足而立或躬耕前行的农民，虽年龄各异，却都是一色的黄皮肤，饱经风蚀的脸上写着人世的辛酸，深深的皱纹如同远处层层的梯田。这些大西北的农民使我这次浪漫的行走附上了沉重的历史感。

几千年前，就在这片土地上，华夏祖先孕育了辉煌的农业文明，形成辐射世界的局面。在如今商业文明时代，这里竟成了黄沙漫漫、无人问津的风口。升沉荣辱、沧海桑田大概就是历史的无限更替循环吧！

在中国这块黄色板块兴起并殷盛之时，欧洲海岸的国家还不知文明为何物，美洲大陆恐怕还是一片触目惊心的蛮荒，这片稳固的热土给了他们创世的幸福，但也使他们安逸地把它看作不图进取的摇篮。稳定的生存环境使他们不再谋求个人发展，却滋生了无限的个人欲望。于是，黄河两岸，不知何时开始，烟尘滚滚、尸横遍野，宫廷宝座上还酝酿着下一个阴谋。

就在中原关起门来打打杀杀之际，那些蓝色文明哺育下的民族已渐渐觉醒，准备远征一个富足的封建大国了。

呼啸的海水给人一种不能安宁之感，那神秘的颜色也叫人产生探索的好奇心。这种自然地理因素很容易转化为人文景观。长期的海上漂泊生活，使这些沿海民族感到家便是船，漂到哪里就在哪里生存发展。大西洋沿岸的美利坚合众国之所以有如此强大的生命力，大概就缘于此。

从较长的历史阶段看，生命力不强的一些个体所组成的民族，很难成为自己土地的主宰者。因为他们心目中有一个厚厚实实的积淀——他们的家园。凡是有家便不会漂泊，家总给人安全和温暖。中国，就是中原，恰以其特殊的地理位置给人创造一种居家感。大西北便是这个大家庭的后院。所谓后院，显赫时便是殷实的仓库，败落时便是被人遗忘的角落。

既然已经清醒就不能还紧闭双眼。已经沐浴华夏五千年文明之光的大西北人，无论文化素质、道德修养还是民族意识方面都优于美洲土著印第安人，但真正摆脱贫困的现状，把灰尘蛛网变成珠玉粮食是要付出代价的。但急迫的是让我们的思想在黄土地上发散，即使到不了海边，也会听到汹涌的呼唤。对此一切，我们不应再像主人一样矜持、默然。黄土地不是汹涌的海浪吗？难耐的干旱不就是无鱼的三餐吗？对这些挑战，我们只好去漂泊，去远航，重新树起业已倾斜的桅杆。只要我们投入了生命的力量，无所谓哪里是归宿，家在每一个人的灵魂深处。

大西北会觉醒，这片黄土地不会永远沉静，不会永远酣睡，不会永远寂寥……

走出怪圈

喧嚣的尘世，像一只忐忑不安春心萌动的猫一样踅来踅去。画地为牢，每个人的内心都隐匿着一些私密。

囿于思维的轮回，沉湎于自我欣赏、自欺欺人，让思想戴上桎梏，让灵魂独自舞蹈，意味着走入怪圈之端。是的，每个人都有自己的天地，或大或小，或明或暗。倘若，一不小心走入自己布阵的怪圈，那将哀莫大于心死。

有时，看到一圈人在议论，你走过去，人们如见瘟神一般瞬间全都散开，不经意间仿佛掉进冰窖。

一个完整的人是有思维的。倘若故步自封，不管再灵敏的思维也会将你引入怪圈。假设和别人交换思维，结果或许会意想不到。

有想法，没办法。不能不清洗自己迷失的大脑。毕竟，生命是一种游走的方式。的确，很多事情过去了，就让它过去吧！如果还沉淀于脑海，没有记忆的价值，就当它是一场梦境，继续让它流逝吧！不然，陷入怪圈，结果是很可怕的。一个人的痛苦，一个人的处境，别人是永远无法代替的，唯一能使之消磨平复的，大概只有时间。时间之于每个人来说，或短或长。如果走入怪圈，浪费有限的时间，岂不是作茧自缚？

从外表开始叫喜欢，从心灵开始叫发现，从大脑开始叫思索。因此，爱情是从眼睛里看到的，友谊是通过时间检验得到的，工作是前进中实践的。何不在潇洒之时，走出怪圈，进入正常的轨道与人为善，与己交谈？或许，生活会因此变得更五彩斑斓，生命因此变得更鲜活亮丽，人生才会因此变得更丰富充盈。想开了一切都是那样真实，何必走入怪圈劳神费脑、得不偿失呢？

在人们钩心斗角、尔虞我诈、劳民伤财、鱼死网破之后，静坐于万籁俱寂的皓月下，盘点人生，追问生活，恍惚间才惊醒：人生其实就是一个圆。正如一首歌所唱："从那里开始，到那里结束……"顿悟之时，不由得捶胸顿足，豁然开朗。如果，人们都能如那首歌词所言，走出怪圈，剥下面具，坦然面对生活。那样，纷争的生活也大抵不过如此。

城市的根

城市的一切都在疯长，包括人的思想。走在繁华的街市，叫卖声中夹杂着唬人的伎俩。

穿过地下通道时，一群人围着一个流浪歌手，聆听着他反反复复、凄凄哀哀且又粗犷、近乎歇斯底里的独唱。嘶哑的歌喉，唱出了无尽的幽怨。我知道，这是心理在作祟。因为，金钱的魅力远远超过了吟唱。

沙尘从城市的某个角落旋起。灰蒙蒙的天气，使人压抑得无法喘气。躲在家里，把音量放到最大，聆听着一些不知名的乐曲。音乐，可以使一切烦扰消逝得无影无踪，人的生命里不可能没有音乐。音乐无须阐释，无论是浅吟低唱，还是高山流水，甚至是万马奔腾，或者电闪雷鸣，如歌行板的乐音是语言无法比拟的。聆听着充满沧桑的重金属般的音乐，我泪流满面。的确，能被音乐打动是一种幸福。

友人聚会，席间有人说了所谓的经典：在某培训班上一女子边嚼口香糖边将一只脚放在过道，上面的讲师看到说了一句让人匪夷所思的话语，吐出来放进去。其实，他的意思是吐出口香糖，把脚收回去。结果，众人的理解是吐出口香糖，把脚放进去。你想那么大一只脚如何放得进去？说归说，有些人就要这样想。也许，这就是所谓的城市跫音吧！

走出家门，一个小女孩，坐在沙尘过后的阳光里，满眼迷惘，一个朦胧的疑问在她的小脑瓜中游荡：“我怎么来到这个世界的？”

我本能地一激，而后默默地从她身旁走过，快速回到家里，把所有的哲学书籍迅速藏匿在书柜底部。如果这个城市有一天突然喑哑，面对来自灯光折射下的身影，我不禁问自己的影子，你能否听到心的呼唤？

无尽的思绪，顿时稀释了桌上的咖啡。书柜里的那些书籍在诠释着什么？

穿过城市，一颗心在诉说，另一颗心在倾听。也许，这就是灵魂深处的吟唱。因为没有音乐的吟唱是发自原始的呼唤。

我默然，只能独自聆听灵魂深处的吟唱。

疼痛的呐喊

阳光照进病房时，睁开了眼睛。疼，钻心的疼。窗外的绿映入眼帘，为我紧缩的心带来了些许生机。

是的，从未挨过刀的我，平时头疼脑热从不在乎，只说病是病，我是我，谁也奈何不了谁。孰料，一“失足”竟躺在医院，开始忍受疼痛，等待刀剪之类的“切割”“修补”。痛苦是每个人的经历，经过各项准备，我在一个太阳刚透出脸的清晨，被送进了闪着令人心悸的血红字的手术室。我像一只虾趴展在冰冷的手术台上，想蜷缩温暖自己，可各种仪器已束缚了四肢，只好咬紧牙关给自己打气：别怕！别怕！别怕！可心里念叨着，医生的手伴着颤动的电钻声开始工作，好似一阵游戏后便是一阵战栗。麻醉并非酒醉好，那种感觉似幻如梦，身不由己。冰冷的器械在医生的手中交替着，我睁眼想看过去，可麻木的身体不受控制。

瞬间，我听见了锤子敲打的声音，剪子挥舞的声音。我硬是扛着，脑子里却想着乱七八糟的事情。人一上手术台，就如一堆肉，任由医生“宰割”，疼痛或许就此锐减。

手术过后，麻醉消失后，我不能不叫疼。身体里无形中被“植入”金属，再加上伤处肿胀，能不疼吗？那种疼痛很是揪心，不由自己压抑，这也是医学上暂存的现象。打止痛针，喝止痛药，只是辅助缓解疼痛，其实真正的疼痛在心里。躺在病床上，盯着天花板，尽量使自己安静下来。有人说天花板是病人永远看不完的一本书。的确如此，想着人活在世上真有意思，凡是身上的东西没有一处是不要紧的。没病的时候觉得万般皆顺，只要病从天降，一旦患病，便浑身不自在。

躺在病床上的人，忘记了一切，唯有疼痛。只求不疼痛，就是世界上最幸福的事了。在手术后疼痛的日子里，我每天都像哲学家一样思考，不时换着方式试图暂时忘却疼痛。这种疼痛不只是患病的难受，更是心被灼痛的愤怒。多年来，未曾受过如此的磨难。不过有时想想，还得感谢这一次疼痛。这次疼痛，让我看清了平时伪装在各种面具下的人心。面具一旦揭开，丑陋的灵魂便会张牙舞爪，不过终究是没有好结果的。心灵的感悟，会涤荡人性，疼痛也随之减弱，不想也罢。

长时间的疼痛，使我不得不卧在病床上。不能书写，唯有读书看报，度日如年。这时一则短信吸引了我的目光：人生有哪样东西是我们真正拥有的？其实真的没有。

我们不敢说拥有自己的生命，你来到这个世上，在生命的轮回中没人和你商量。离开这个世界，也没有人提前告知你。失利、疼痛、疾病，许多不好的东西不是你选择放弃就可放弃的。那么在归你使用的几十年人生里，尽可能享受每杯茶、每顿餐、每段情义、每份爱，甚至每阵风、每场细雨……一切的一切早晚都会失去，所以要安享眼前的一切，好好善待自己。

看完这条短信，心坦然了很多，疼痛也减少了不少。正如黑夜中的一点灯光，照见的是万物中的一处，但那一点灯光若是在白天，你能看到那照亮的地方吗？灯光的光之所以都是平和的，这其实是一种做人的态度，更是一种感受自然宇宙的态度。

记得有禅书上言：僧问，你往哪里去？师曰，脚往哪里去，我就往哪里去。疼痛只是暂时的，疼痛过后可能又会悟出另一个世界，幸哉！

跃出城堡

宇宙间最坚不可摧的莫过于心灵之堡垒。一条深不可测的护城河蜿蜒环绕，隔绝城墙内外的两个世界，城外的路人扬头仰望赤色的古墙，无奈地摇一摇头，继续赶自己的路，偶尔回头张望一下，终究还是走开了。城中的人则站在高处眺望外面柳暗花明的市井人情。一个人独处，外面的世界也许不甚精彩，但充满了诱惑力，令人躁动不安，冲动着想打开城门，把城外的一方风景安顿在城内，跨过那条狭窄的木板桥，去远方走走。毕竟，这里城固高、墙固坚、河固深，唯一的无奈是高处不胜寒。

选择一个阳光灿烂的日子，整装出发。

骑一匹思想的野马，持一把堂吉诃德的利剑，披一件徐霞客的青衫，挽一束木兰从军时的长发，背上一只空的皮囊，待装沿途所有的收获。马颈上的金色铜铃叮叮作响，手中紧握缰绳，伴着悠扬清脆的铃声上路。抬眼望去，一路的繁华尽收眼底，走过清风，走过四季，于日出日落的昏黄红晕中欣赏时与空的无间相随，于晨钟暮鼓中品味深邃的生命含义，于拥挤杂乱的人流中探寻远方圣洁空灵的一座精神家园。

远方有多远？数不清的三百六十五里路途中，我的马儿将会在十二座光阴小城中的哪一座驻足呢？都市平安夜的醉人霓彩与茫茫戈壁浮现的海市蜃楼的幻影在星空下交相辉映，映出一片蓝得透明的天空。马蹄声中一排排南归的大雁掠过头顶，捎来故乡亲人的思念和友人的祝福，西风古道，黄沙满天飞，但只要有美梦相伴，便不停寻找那条如绳的登天路径，向往摘下满天星。

向前走，向前走，蓦然回首来时路，拨开记忆的相册翻看一下旧日的城堡，定会无怨无悔地开怀大笑！这笑声会震颤山林，感染蓝天，穿透九霄——纵一身疲惫，却精神抖擞，留给驿道上同向而行和擦肩而过的行者一个会心的微笑，一串诚挚的祝福。从容抖落眉宇间的尘埃，理一理飘然的青丝，以初升红日的博大深沉为背景，跨上马儿，再继征程。

曾经有梦，追梦无悔。

有风吹来

呕心，沥血。火红牡丹下一团殷红的血，失神的目光把夕阳拉了个满怀。

刹那间，两眼蒙胧，耳畔混沌。坐在八卦亭里，心中酸楚，或许是醉意人生，或许是一吐为快。咳！差点忘了，酒是以水的形态存在着的火。

心情是什么？一种没有被亵渎并保持清新的慰藉。是的，人总是败给自己。这个过程既漫长又近在咫尺。尤其是在酒的催化下，醇香的舌尖下，涌入的是比黄连还要苦的咀嚼，在醉与非醉之间时而兴奋、时而愤慨，你能说那是一种酣畅淋漓吗？人生说穿了还是一个等式，得到和失去，幸福和痛苦，温暖与寒冷总是会降临到你头上。一个人如此，一个世界也如此。此时，酒成了吐真言的催化剂。

阳光透过花蕾打在脸上，竟然还有一种疼痛。我的心猛然间迸出破裂的声音，是花在绽放？分明是心碎了。之于生命流淌仅仅是一时的麻醉吗？不，绝不。情以酒醉，酒有何辜？固执的个性之下包裹着张扬和孤独，空气中弥漫着芳香的酒味，树梢上、花卉里浸透着酒的醇香。天空没有痕迹，但鸟已经飞过。偏在一隅，放纵自己的思想，却刻意佯装李白斗酒诗百篇的豪气。这或许是气度，抑或是酒风。

彻底醉了，醉的不仅是身体，更重要的是灵魂。衔杯只为将进酒。酒壮胆，面红耳赤酒酣处，快人快语是对精神皈依的一番指点。真的是为了几杯酒吗？壶里乾坤大，一醉解千愁。恐怕先得解开心结吧！否则，对抗的情绪就会点燃胸中那团燃烧的火焰。

万籁俱寂。穿过心灵，承载着高谈阔论的话语正释放出强烈的光芒。以酒为由，怎堪藏着虚伪的脸庞。瞬间，思维活跃，真是有“行成于思、思成于行、行思交致”之感。是酒在作祟吗？还是假如人类一沉思，上帝就会发笑呢？都不是，最清醒的莫过于自己，毕竟醉的先是躯体。

凡高大的东西都有影子，包括醉酒人。李白曾赠孟浩然：“吾爱孟夫子，风流天下闻。红颜弃轩冕，白首卧松云。”是李白醉了吗？否！这只不过是一种极致的心境罢了。

有风从祁连山脚下吹来，不由一个激灵。步履蹒跚跌倒在花丛中，花香、酒香让沉醉的灵魂逐渐苏醒。杨柳岸晓风残月。那是一种落寞之感，大丈夫意欲何为？仅仅就是杯中物吗？其实，男人的胸襟是被酒展开的，女人的靥面是被酒染红的。假如没有酒，这个世界会怎样？或许每个人的答案都只能藏在自己心中。

人生有醉，醉在情中。醉的感觉是没有惊艳的景色，只是对平常生活的一次总结。人们在醉态中被欲望推着行走，越走越远，画下一道道命运的轨迹，留下一道道赤裸裸的伤口，不加任何掩饰真实地把悲伤或喜悦直直地摊在我们面前。总会错认为每道伤口上都有一把温暖的尖刀，准确地划破我们的肌肤，直透心脏。

酒醒何处？任凭甜言蜜语的相劝，或是豪言壮语的奉劝，只不过都是琼浆玉液掩盖了的人生“竞技”。家是温暖的，沉沉睡去。醒后，一轮新生的朝阳在招手！一夜之后，世界似乎又恢复了它原有的平静。其实，世界本来就是平静的，不平静的，只是我们的内心。午后，蓝蓝的天空突然间堆起了云朵。很快，一场雨落下，淋湿了行走的人们。淋透了刚刚复苏的心。酒醉心自明，这是一种心态，在心底又是一结，毕竟埋葬了只有自己才知道的心境。

有时候，醉一场真好，可以暂时忘掉自己，忘却一切。醒来了，重新开始。或许，脚步会走得远些，更远些。

时光掩埋的幸福

在思索中，人往往会被恍惚牵着鼻子走向幸福深处。

人是最容易在怀念中寻觅源头的，或悲伤或幸福。是的，怀念是永不凋谢的鲜花，无论风霜雨雪都会傲立在生命的枝头上，它不需要眼泪，更不需要颤动，只要绽放。人们总是在守望中呵护，让灵魂挽着灵魂，让岁月逐着岁月。

在白天和黑夜的空隙中，仅有思念在衍生，在疯长。在远行的脚步声中去追寻那缕情愫，为了走近隐匿的张扬，又让人不得已留驻在那些细雨剪裁的空间中。有些东西或许琐屑，但又坚硬，在时间的淬炼中已成为我们不可或缺的骨髓，支撑着我们的躯体，那是阳光折射的力量。残存的记忆会零碎地拼凑成一把锋利的时间之刀，利刃直抵心灵深处。

平静的生活里，人们被功名利禄迷惑了双眼，每天记录着，困惑着，奔忙着，为琐事而心烦意乱，为误解而隔阂，一股来自不可知的力量猝不及防地激起幸福深处的涟漪。每个人都拥有幸福，或来自工作，或来自亲情，或来自收获的吝惜。幸福是每个人不同的感受，它给予人力量，是无形的力量。在人的生命中都有删不去的情节，都有删不去的记忆，但我们的幸福却常常被时光偷偷掩埋了。

都说每个人面前的路很宽，实际上每个人面前的路都窄得令人寒栗，只有幸福会拓展那条属于自己的阳光大道，向着前方，迎接朝阳的洗礼。身处喧嚣的都市，穿行在阳光中，纷飞的是花蕾，飘落的却是人心。人是很奇怪的动物，如果是一个人，不管受了多大的委屈，常常咬牙就过去了。可是，当身边还有一个人关心的时候，却会忍不住喊痛，掉泪，继而很快平复，难道这就是幸福的力量？

幸福不是奢望，在感恩中孕育幸福，在幸福中不断感恩。因为内心沧桑，所以要善待每个人。这世上没有任何美丽所向披靡，但真诚的笑容、发自内心的快乐、来自心灵深处的幸福却是不可替代或复制的。人的身体受伤了，可以吃药甚至手术医治，但心灵受伤，又该如何治疗呢？

生活总给我们柔软的心灵留下履痕，让我们的眼睛关注光明和黑暗，黑暗不会剥夺我们的光明，而光明却会永远与我们同行。处在尘世中，矛盾会阻碍我们的幸福，但是解决一个矛盾，还会出现另一个矛盾，直至在你闭上眼睛前，矛盾依旧会挂在你的眼前。该来的终究会来，就像鸵鸟把头埋在沙子里躲避不成一样。

有人说，残缺是真实的，幸福是虚构的。但这个虚构恰恰总会被我们挥霍的时间所掩埋，藏在心灵深处。

人的幸福来自心灵的激荡。事实上，人和人都是大河两岸的风景，只能遥望而无法交汇。是的，一切都是假象下的纷争。唯有幸福，才会浸润心灵。人的幸福就像火花一样闪烁，你能确保随时随地捕捉这些火花吗？

外面的阳光，恰似一把碎玻璃溅在人的眼睛里，令人双眼生疼，很痛。卧在阳光里，泥土默诵着人生美好的箴言，流水洗濯着生命嬗变的容颜，草木润泽着岁月浩瀚的经卷，鸟儿扑闪着幸福的翅膀，我们时常感叹：一些历史的风景在淡漠中远去，然而在一些人的心中，盘桓的幸福从不曾远去，甚至将永远封存。于是，我们会选择回望。正因如此，我们内心纯洁得像一片湛蓝的天空，铭记守望的幸福。幸福的边缘总有一双温暖的手牵着我们。

人真的现实起来，想法和日子就简单了。幸福也是如此，只不过总是被时光掩藏在深处，等待叩击心灵，如果记忆是层层山脉，那么只要筑好穿越山脉的隧道，总有幸福到来的一天。

第五辑　灵犀一点通

岁月静好

时光，无比柔软，见证着我们经历的过往；岁月，沧桑依旧，沉淀着生命中的悲欢离合。掬一捧光阴，握一份懂得，走过红尘喧嚣，时光深处是岁月的静美。

生活总是那么平淡，淡得有些无味，我在平淡的生活中体味岁月的清欢。喜欢在安恬的午后，安静地读书，安静地写些文字，安静地听着音乐，享受属于一段自己的静谧时光。有些文字总是能轻易地扣动人心，有些故事总是那么委婉缠绵，有些旋律总是能触动内心深处的柔软。清浅的时光，婉约的心情，沉醉了我的一帘幽梦。其实，光阴从不曾厚过谁，也不曾薄过谁，生活就是一种积累，你若储存的温暖多，那么你的生活就会阳光明媚，你若储存太多寒凉，你的生活就会阴云密布。时光，因爱而温润；岁月，因情而丰盈。

忽然想起一句话：时光越老，人心越淡。或许，这是一种千帆过后对生活的感悟，是一种淡泊的心境吧！毕竟我们经历着，便懂得着；感念着，便幸福着。那么，在时光深处，寻一片幽静的地方，和我们所爱的人细数柴米油盐的幸福，放下该放下的，珍惜所拥有的，一起经历人生的风风雨雨，手牵着手过最平淡的日子，拥一室清香入怀，即便老去又何妨?

旷野舒展，波涛翻滚。远古的急流，从心底最深处涌出，一泻千里。顺着河流，我追逐在岁月红尘最深处。风霜雨雪里，我挣扎着，只是为了一种梦想，一种情怀。

站在生命的最高点，听到一种呐喊。万般思绪，在心底澎湃激昂，还有一丝落木萧萧的艰辛苦涩，在内心深处成绝望。

葱郁、衰败、选择、放弃，这都只是一种姿态。可是在生命的一瞬间，我只能选择某种情怀来阅读生命的内涵。任凭雨打风吹，却只能义无反顾地，行走在永远一个人的江湖，漂泊在永远的一个人的思想里。在朔风中，那滚滚不尽的黄河水向东流去，诉说着人生的悲欢聚散，岁月的阴晴圆缺。

俯仰厚地高天，意境苍苍茫茫。汹涌的河流，无边的落木，千百年来总是蹒跚地走在人世间，却走不出生命的悲风苦雨。

一花一世界，一树一菩提。季节的风拂乱了青丝。这一刻，面对大江东去时，是谁在酿积永恒的爱恨情仇悲欢聚散，又是谁把梦放在热泪中去放纵?浩瀚大流，流不尽生命的苦难。血与泪交汇的浊流中，我终于读懂了生命的绿意和坚韧。此刻，我的目光在微笑，而思想却在奔跑。红尘间的浊流在翻滚，我无法躲避，而疾风之后，卑贱和高贵俱下，无论喧嚣，无论沉寂，最终都只能随风而去！子夜里，只有我和星星还醒着。横亘在天地之间，我傲然长啸，为情怀，为苍生！

时光像一个美少女，在低颦浅笑中，便将一些人、一些事隔到了光阴的对面。岁月于我们终是落花流水两无情，时光总是匆匆，太匆匆。往事如烟，抖落一地的风尘。最美的年华你遇到了怎样的风景，时光深处掩映着多少值得铭记的风景。里尔克说，若是你依托自然，依托自然中的单纯，依托于那几乎没人注意的渺小，这个渺小会不知不觉地变得庞大而不能测度。

静水深流，泉响空山。沿途的风景很美但短暂，记忆在每个人的心里都是珍贵的、值得珍藏的，是永久的，不会因时间而流逝。罗兰·巴尔特说，让意象在一条毫不相干的线索上各自发光。我们聆听着花蕾绽放的声响，绚烂成美丽的花朵，开得很艳！

只有平淡素日，只有萧然的静。时光逝去后不归来，一点点的衰旧，恰恰是它的华丽。淡，如水；心，圆月。

聆听天籁

心域宽，人则恒；心域窄，人则弱。

活着，是幸福的。幸福是为了更好地活着。在活着的同时，我们都在一切变化中变化着。人生之境，在于不断求索和创新。

也许，简单中孕育着复杂，而复杂中又演绎着简单的每个细节。机械的动作背后是麻木的双眼。犹如水结成了冰，冰又化成了水一样，只要我们活着，没有什么是不会改变的，但唯一没有改变的是我们每个人那颗跳动的心。

人懂得感情是从成熟中开始的，此前只把父母的爱认为是天经地义的，很少懂得珍惜。直到有了爱人，才初次知道爱的痛苦与艰辛；直到有了朋友，才知道友情是肝胆相照，甚至是反目成仇。有人说，生活的琐碎不虚伪，珍藏着每个人感情的细节部分，记录着每个人情感的历程。认真理性和过于敏感构筑成了矛盾人格，活着就是制造感情世界和情感空间。事实上，友情有时跟爱情差不多，关心他人胜过关心自己。囿于情感和感情的挣扎，改变或许就在一瞬间。事实上，改变是件很奢侈的事，需要很多条件，更重要的是心态。爱情没有直白，友情没有对白，往往不合情理留下的只有空白。

爱情的成功取决于两点：找个好人，做个好人；友情的成功也取决于两点：做个好人，找个好人。似乎合乎情理的规则充其量就是个符号，这个符号如何去画，一切取决于每个人自己。情理顺了，不合情理的烦心事就少了。丰富的感情孕育着破灭的谎言，空白的感情暗合着无尽的思忖。在情感世界，每个人既是演员又是观众，演技和欣赏水平关键在自己。

城市中的人们，每天都以不同的面具变化着。无论是强作笑颜，还是急流勇退，抑或奋发向上，在不断的变化中摄取着不同的养料。唯一不变的是，始终关心着明天是否赚取更多的金钱。毕竟，生存是为了发展，而发展是为了更好地生存。

山，若遇上春风，则换上嫩绿的新装；若沐浴夏雨，就变成葱郁的模样；若披上冬雪，就着上了素裹的银装。山在变，山亦不变，变的是颜色，不变的是沉稳。水，跌入山谷就变成小溪流；路遇悬崖就成了一帘如烟的瀑布；奔腾到入海口，就欢快地融入海洋。水在变，水亦不变，变的是形式，不变的是灵动。人，在他乡是一个游子；在官场是一个宦海中人；在田间是一介布衣。人在变，其实人又未变，变的是身份，不变的是我们的坚守，心中那永恒的信念。我们在不断地改变，随着时代，随着环境；我们也没有改变，因为信念，因为原则。其实变与不变是成功不可或缺的法宝，变的是思路、风格、方法，不变的是我们向前的努力。

木有新绿，竹有拔节。因为阳光，万树争春；因为大地，小草疯长。每个人都梦想自己像一棵白杨一样成长，但是，长成什么样的白杨呢？像《Hello，树先生》默默无名，寂寞生长？像《可可西里》志如钢铁，甘受风霜？像《雨果的冒险》世事无常，如愿以偿？我不知道！但大家相信一点：向上的力量是伟大的，离阳光越近就像润泽心田的天籁那样沁人心脾。

人生，当你进入茂密丛林，就免不了耳边会有鸟鸣兽啸；当你一头扎入青山绿水，就会感知溪流与清风；当你驻扎在繁华都市，就得顺应急速快流；想逃避烦扰，就必须承受冷清与孤苦。你纵然已经越过千山万水，但还未到老时就难觅清静，风云与前途多变，时时刻刻需要在多变中谨慎把握方向。山里有老虎，也有狐狸，更不乏精明的猎手；一年三百六十五天会有晴天，也会有阴雨天，甚至还有冷霜与冰雹，该来的总会来，逃避不掉。优势也好，劣势也罢，不论平坦与风险，一切都得学着承受，不管天空阴晴，路一直在脚下延伸。不妨，做一棵积极的向日葵，不管如何低调在别人眼中也是一朵太阳花；也可做一棵坚强挺立的树，不管如何默默无闻，也是令人敬佩的坚强树！

四季轮回交替，太阳照旧从东方升起。在变与不变中，每个人都演算着心中永远也解不开的“应用题”。变则通，不变呢？其实，一切的变与不变，不变与变都在诠释着人的思维以及人的全部。毕竟，人是高等感情动物。岁月无声，心在声的深处。不信，等哪天看看，如果一切都在不变中重复，或者在变化中变化着，那又是一种怎样的感觉。

岁月静好，内心深处空灵的声音，在心壁不断碰撞。从前从未用心听过一首乐曲，更没有细心地去品味每首乐曲给人带来的各种美好感受。心静了，天籁之音便是人生最美好的乐曲。不妨置身自然，聆听静寂的四野，心会趋于平静。

遇　见

时光飞逝，记忆残存。一张褪色的纸，人与事的交互，透出的不仅仅是岁月的痕迹，还有其乐融融的情意。

所有积聚的时光，都恍若一个梦境，一半醒了，一半还在路上。真的，我不知道该如何再次走进灵魂深处。

有时候，爱上一个人，只需要一秒，但忘记一个人，可能需要一生。忘不掉，就将它放在心底最深处，留住那些曾经美丽的回忆吧！不要把爱变成怨恨，也不要把曾经美好的感情纠缠至难堪甚至龌龊，更不要让那个曾经爱过你的人，想起你时会感到厌烦或恐惧。如果爱没有错，那么不爱，一样也没有错。每个人都有选择自己生活和爱情的权利，当然，如果你选择了，你就必须为此负责，为之付出。

是的，有一些爱，用尽了我们一生的力量，也许穷其一生，也不会忘记。但是无论多么刻骨铭心的爱，都不会是生命的全部。窗外，雨后的阳光依然温暖；冬天过去，春天还会来临；今天失去的爱情，明天会再次绚烂……只有生命，如果放弃，你将永远失去。

心大是非小，心小是非多。人都希望自己站着，但你会发现更多时候需弯腰、蹲下、下跪，甚至趴下。

于男人而言，一生爱过几个女人并不重要。重要的是：是否，有那么一个女人，无论何时何地想起，都满心欢喜，忍不住想去见她。若有，多好！于女人而言，青春年华时曾被几个男人爱过并不值得骄傲。骄傲的是：是否，有那么一个男人，将她放在心间一辈子，如烙印。若有，足矣！

时光，就在低眉浅笑中渐行渐远，它带走了我们年轻的容颜，也在不经意间书写了伤感与别离。光阴的对面，或许没有永远，却还有用经历写下的过往，让我们来怀念，还有在行走中日益饱满和丰盈的灵魂。心中有所期盼，眼里有阳光，和爱我们及我们爱着的人妥帖安放着一份温暖，便是幸福。

这一年，在人生的路上遇见你，便又多了回忆和印记，所有的聚散沉浮，都让我们感叹人生无常，唯愿珍惜！邂逅是缘分的继续，遇见是心灵擦出的火花。

西方文明里有个传说，心轻者上天堂。人死后，使者都要问两个问题：这一生，你是否感受过真心的愉悦？这一生，你是否给别人带去过真心的愉悦？第二个问题，让很多人都沉默了。因为在十字路口会遇见红绿灯，不知如何走，遇见哪个人，何谈愉悦！内心丰富的人，会遇到让你心动的人或者事。

生而为人，先自爱、沉稳，而后爱人，宠其余生。一生很短，没必要对生活过于计较，有些事弄不懂，就不去懂；有些人猜不透，就不去猜；有些理儿想不通，就不去想。把不愉快的过往，在无人的角落，折叠收藏。大声告诉自己：可以不完美，但一定要真实；可以不富有，但一定要快乐。别为难自己，人生短短几十年，拼也好，混也罢，都是瞬间。给自己一份乐观，给自己一份平和，保持最真的情怀，保持最好的心，遇见最好的自己，或者遇见最可心的人。

曾听过这样一则小故事：一对老人吵架，老头总是让着老太太。老太太问："你为什么每次吵架总是让着我，有时明明是我做错了。"老头说："因为你是我的，就算我吵赢了？又能怎么样？赢了道理，输了感情，丢了你，我就输了人生的全部！"话短情长。

如果有个这么疼你、宠你、爱你的人，好好珍惜！一生很短，就算还有下辈子，我们也不一定相遇。愿你强大到无须被人疼被人爱。或许幸运，遇见的那个人会懂你、宠你，甚至把你捧在手心，免你惊，免你苦，免你无枝可依，心心相依。纵有万般烦恼，不如拈花一笑。遇见，总好比错过喜悦。

不知道远方是什么？向左走，向右走。唯愿在最美的时刻遇见最好的你。我们会在某个时刻相逢，相逢四季，相逢阴晴，相逢花开花落。然后在感动与忧伤过后各行其道，相忘于江湖。

锦瑟流年

风吹过，留下夜的思忖；情长时，方知爱之短暂。

每一分，每一秒，世界都在悄无声息地发生着各种变化。所谓永恒，往往也只是在某一个限定时间内的不变。树欲静而风不止，很多遗憾，只能留在摇曳漂泊的岁月中。经历得多，精神世界也就会更丰富。

岁月如同一张洁净的宣纸，任凭人生的墨迹在上面渲染、渐变。爱情，是漫漫人生路上一棵寂寞花开的树，虽绚烂多姿，花朵却不相同，结下的果子更是不言而喻，或酸或甜，或涩或苦。有的花看起来繁锦夺目，但结的果实却是酸涩难咽；有的花闻起来沁香袭人，结的果实却是苦涩难以入口；更有的花开得是素淡无香，结的果实却甜如饴糖。有些故事并不是一个美好的开始，但会有一个完美的结局。

爱情是茫茫红尘中一盏含蓄的灯，一帘似幻的梦，总是闪耀着迷人的光芒，直到身在其中，梦里梦外有着同样的喜怒哀乐。只不过这梦境里的所有情感比梦境外面更加汹涌一些而已。无论是悲是喜，都有着更深的色调。在逃亡与追逐真相的路上，紧随左右的只有谎言、猜疑、背叛和死亡，解开谜团最重要。

过惯了平凡生活的少年们，总是想方设法地寻求生活的刺激，殊不知，平淡也是一种幸福。直到生活直面风口浪尖，他们才顿悟生活的常态本就应该是平淡的。这个道理，也许很多人都懂，但是却很少有人心甘情愿地接受平淡的生活，尤其是在面临巨大诱惑的时候。

“锦瑟无端五十弦，一弦一柱思华年。”爱情容易给人以诱惑，然而沉浸在爱情中的恋人，有时候也容易被更美丽的爱情诱惑，就如哲学中所言，矛盾是普遍存在的，不同的环境，不同的吸引，矛盾也会有所变化。优雅是从内心弥漫出来的馨香，外表只能让人产生一时的迷幻和错觉，长久的美永远只能是发自内心的优雅与善良。

爱是电光石火般的瞬间，情是永无止境的绵长。当心仪的那个人出现，有几人能控制住内心荡起的情感波澜呢？就算表面上风轻云淡，心中的慌乱却是骗不过自己的。真正的爱，是要剥落华丽的外表，以一双明亮的眼睛去看透对方内心的。有人外强中干，空有一副好皮囊，也有人其貌不扬却才华横溢；有人珠光宝气，名车豪宅，内心却丑陋肮脏，也有人衣衫褴褛，食不果腹，内心却纯净无瑕。有时候，眼睛也是会骗人的。唯有用心灵去洞悉眼前的人，才能给出正确的判断和选择。爱情是最容易被眼睛欺骗的，要用心灵的慧眼发现与众不同。“此情可待成追忆？只是当时已惘然。”人世间的事情，怎会全凭自己的意念发生呢？有时候，你明明是想向东奔，而命运的轨迹却偏偏牵着你向西跑。愿望再好，往往也只是水中月、镜中花。现实会埋没一切，也会衍生一切。

男人和女人的思维方式是不同的。女人大多喜欢委婉含蓄，而男人大多喜欢坦率直接。这不同的思维方式，也往往是产生误会的根源。所以无论遇见什么事，不管是夫妻，还是朋友之间，都应该进行真诚的沟通。只有将事情明明白白地和盘托出，彼此敞开心扉，隔膜才会消失，纠结才会释放。否则，误会就像团线越绕越紧、越绕越大，最后将曾经的美好碾得粉碎，留下一个无言的结局。

“迟迟钟鼓初长夜，耿耿星河欲曙天。”一尺经年，醉了三生故梦。花谢花开，总开不出最初的芬芳。有些人，有些事，一旦错过，便是一辈子。再轮回，已是陌路。每个人都会追求完美的爱情，而往往上演的更多是凄美苦楚的悲剧。锦瑟苦旅，且行且珍惜。时光流转不息，带走万千韵华，也带走无数记忆。亘古的风，吹拂着悠悠岁月，把多少人的梦吹醒，也把多少人的心吹碎。

一只幸福的鸟

太阳每天照常升起，行进在温暖的阳光中，不仅仅是一种幸福，更多的是对生活的享受。唯有幸福，总会浸润心灵。人的幸福像火花一样闪烁，你能确保随时随地捕捉这些火花吗？

阳光是造物主赐予我们最美好的东西，只要抬头仰望天空，它就悬挂在我们头顶上；只要平静、从容地去感受，它就是内心深处萌发出来的嫩芽；只要愿意用心去体验，它就在我们的心中。

蓦然，一只鸟从雪地哀鸣着掠过。白茫茫的天地之间，一个黑点渐渐远逝，留下的只是一声声的哀鸣。雪花一直在飞，一朵又一朵。心事也凝结了，冷冷的。瞬时，银装素裹，只有眼睛是黑的。

岁月流逝，流走的是时光，流不走的是记忆。很多年来，我总是刻意寻找一只鸟从不同角度掠过长空的姿态。看着风过鸟无痕的天空发呆，那里面或许蕴含着我年轻时太多的感触。是爱情，是亲情，抑或友情。但一切的一切，总是被皑皑白雪掩盖。

童年，追风的少年背着书包，穿梭于温暖的家和书声琅琅的校园。

那只鸟，是闲暇的日子里，一瞥蔚蓝天空时，掠过的自由向往；是在家乡，和清澈的甘泉、翠绿的芦苇、飞舞的蜻蜓、无邪的笑脸相伴的时光……

鸟啊，在我浪迹天涯的漂泊岁月里，你可曾飞过城市的天空？鸟啊，童年时潇洒自由的鸟，你可找到飞翔的方向？在捕网、猎枪、围墙、风暴的缝隙里，你是怎样觅食生存？我不知道答案……

雪花依旧飞着，大地依旧纯白，生生不息的世界，依旧车水马龙……天空没有翅膀的痕迹，但鸟已飞过。我只能又开始生命中寻常的一天，而那句歌词却七零八落地在心里唱响：谁能告诉我，谁能告诉我，是我们改变了世界，还是世界改变了我和你。

也许那是一只幸福的鸟，也许那只鸟正在寻找着幸福。鸟尚寻觅，况人乎？

“人生天地间，忽如远行客。”人真的现实起来，想法和日子就简单了。幸福也是如此，只不过总是被时光掩埋在深处，等待叩击心灵。如果记忆是层层山脉，那么只要筑起穿越山脉的隧道，总有幸福到来的那一天。其实，幸福就像一只鸟儿，当你努力追逐它时，它总是飞来飞去，当你静下来时，它却会在你的身边停留。

凡心所向，素履所往，生如逆旅，一苇以航。是的，只要有阳光，希望就会一直在。有阳光的日子，总是温暖的！

春天是快乐的

风吹过的时候，黄河岸边，迎春花、丁香花次第展姿，馨香袭人。已着绿装的小草，探出头来呢喃着：春来了，春来了。

是的，春来了！当午后的阳光透过窗棂洒在我的书桌上，把书桌割成两块，明亮的温暖和阴暗的寒冷。即使是在九楼，我也能清晰地看到阳光所过处，那些尘埃在阳光中舞蹈。阳光让一切变得真实，真实地透过一些危险的面孔，让一切肮脏的东西折射出来，让美丽的东西显露得一览无余，仿佛人的心正在交谈。这个世界，人们需要阳光，在阳光下行走是健康的沐浴，甚至可以涤荡灵魂，纯洁人生。

倦怠，慵懒，暧昧，渴望。播下希望的种子，收获满屋的阳光，或许孕育着春天的故事，挥洒着春天的情绪，低吟着春天的旋律。行走在河畔，聆听黄河涛声，真希冀阳光热烈地拥抱每个行者，打开心房和自然真切对话。只有懂得交流和诉说、敢于追求的人，才能得到自己的幸福。倘若总是郁郁寡欢、暗自涕零，心里的欢喜和爱恋无人知晓，只能任它们在心里生根发芽疯长到枯萎凋谢，最后腐烂在心里，腐蚀了自己的灵魂。

在人的生命里，谁都有删不去的情节，谁都有抹不掉的记忆，铭记这段情节和记忆，就是在梳理自己的命运和幸福。回首时，恍然若梦，又清晰如昨。不管时光如何更迭，还是留下这些情节贮存在记忆里，美丽的忧伤，美好的回忆，都会让自己在闲暇时感动。其实，一个人最优美的、最迷人的、最值得赞誉的，也是最经得起欣赏和品味的姿态，就是在春光里阅读，在春天审视自己。

花非花，情非情，喜与悲，乐与苦，爱与不爱，相隔不会太遥远，一念之间，朝夕之变。还是在春天，看那闪烁着温暖光辉、飘浮在昼与夜边缘的朝霞。或在深夜，聆听春雨敲打窗外万籁的音响。有人说，生活的琐屑不虚伪，让处在城市中的心灵感到迷惘和疼痛。不可否认，痛苦是一个人的影子，它忠实地伴随着人的一生。一个人可能一无所有，但不能没有痛苦。因为痛定思痛，一个人才能更加真实。

春天来了！走出门看到满眼的绿，是那样的新、那样的柔、那样的醉人。上班的路上，看到女人们鲜艳的裙子，在风中像一朵朵绽放的花，于是心情就变得很好。想起一句诗：事如春梦了无痕。有一点淡淡的喜悦，但每个人的心情都不是这样的好。犹如春雨滋润着每个人的心，泛起温暖涟漪的又会有几人？

有人说，春天是容易使人忧伤的季节，曾看到有人签名留言："也许是春天，使我们共同忧伤。"而我却难以割舍盎然的春意，徜徉在春光里，捕捉春天的影子，品味春天带来无限生机的快感。

走在路上，春天的暖阳已经有点热烈的温度。小孩的脸上已现潮红，遮阳伞也为女人们呵护着青春。风情线上的迎春花开得欢快热闹，花蕾满含希冀，枝条修长而柔美，像刚出浴的少女的秀发一样妩媚妖娆。

慧者潜锋芒，潮湿的心在春天复苏。不错，心怀感恩，人生才会更加丰厚。光芒无须太亮，够亮就好。

鲜花或雅或艳，常常会被栽在盆里，其实最美的风景应该在春天的路上。不信，携着春的手，会遐思万千。雨点没落到你的身上是偶然的，但太阳的光芒总会照亮你的心房，春风拂雨，心旌荡漾。又是一年春好时。

面朝万籁，春暖花开。春天，应该是快乐的！

老　歌

万籁俱寂。日暮时分，零落的嘈杂灰尘般悄然飘落，老歌响起时，窗户、屋子火炉旁的我、屋外的雪都不复存在。扑朔迷离的氛围次第弹出生命中每个沉静或迷失的音符。各种模糊而感动的情绪穿越原初的激情暗河澎湃流淌，过去和现在了无痕迹地交汇，发出汩汩的声音，如同血液的流动。

老歌平静如水，渗透着每个人的灵魂，把不同季节的象征浩荡成没有语言、没有表情，但足以表达一切的审美潜流，随着阳光射进我们心灵深处而开始泛滥。在歌声里，我们依靠纤细的感觉去捕捉童年野鸟群在树梢飞过而羽毛飘落的形态，去领会最初的忧伤在成长中演绎为成熟的气韵，去彻悟风雨交加的生命之旅中始终支撑着我们的一腔无怨无悔。在歌声里，大地空灵的树草，浓厚的山岚、天空，都会瞬间美丽得不成样子。

遥望种种希冀疯长的青春之野，最早的纯净与澄澈在音乐的飘逸中蔓延，真诚的花永不凋零，整片如云的记忆在苍老的天空中横渡。光线明暗不匀，在静谧中酝酿着微妙的变化，点点滴滴如丝如缕的情节开始不期然地出现，灵魂平淡而纯粹的声音开始悄然流布。

老歌不断，渲染昨日的云和月、尘和树，我们在缄默中怀念从前流浪的日子，以及无数次义无反顾的放弃和选择；我们在缄默中怀念露水打湿我们茫然面孔的那片林子。而今，整座楼鼾声不齐，我们依旧守着各自的宁静，夜不能寐，等待着重返心灵的栖所；让炽热的歌谣染红岁月，染红蔚蓝的履历。

聆听老歌，如山的情感碾轧这座城市每天栉风沐雨的街道、每棵落过雪的树。老歌传递苦难，更传达了理想，往事因此而生动。有一千片叶子发出了沙沙的声音，有一千种色彩在这星光下斑斓闪烁。音乐化作一尾轻灵光滑的鱼，在时空中游弋，寻找一个栖息的地方。屋外空气流动极快，我们屏息而坐，竟忘记了凝视。

当饱含寂寞的丝竹之声再次感动着整座城市，当岁月的漂泊再次充溢着清奇幽馨的旋律，天地间一种久远的启示和谐流畅地进入我们的思绪。

老歌是一首耐人寻思的歌，是一首催人跃进的歌，更是空虚的灵魂无法解脱时的哨子，这便是生命深处吟唱的韵律。

既然是歌者，生命中我们就注定要永远真诚地歌唱，永远开心地吟唱。

虚　灵

《辞海》云:“虚者,空;灵者,聪明。虚灵者,宁静荡淡而智慧之意。”虚灵原指宇宙世界最初的一种朦胧、混沌与原始的状态,反映在人的身上,指人的返璞归真,体现出一个人的真、善、美。陶渊明不解音律,却常奏无弦琴;苏东坡不胜酒力时,每每把玩空盏;“孤舟蓑笠翁”的柳宗元也曾寂然“独钓寒江雪”。文人的诗情酒意,往往求的是一份感觉、一段虚灵深处的写意。

无弦、空杯、寒江也未尝不是一种心意的寄托。这些弦外之音、酒外之趣、钓胜于鱼也算得上是“大音希声,大象无形”了。

求名的愿望根植于力量与旺盛的精力。从古到今,名声总是与“巨人”为伴,而且总是趋于极端:不是枭雄怪杰,便是天下英豪;不是臭名昭著,便是万古长青。大千世界,芸芸众生,只有两种人:一种为名,另一种为利。熙来攘往,忙忙碌碌,人们都在名与利的空间里焦灼与纠缠。因为每个人都有欲望,问题的关键是这个欲望用来满足的是什么?也可能用一些有形的东西来弥补,用无穷的欲望攫取有限的资源,人会永远地处在失望中，所以大多数人都会缺乏幸福感。只有少数人，在不惜出卖灵魂后，行尸走肉地混迹于尘嚣。身边不乏其人，在领导面前点头哈腰，奴颜婢膝，极尽谄颜，完全不顾做人的底线，自欺欺人，虚与委蛇。在博得领导的笑脸后，工于心计，搬弄是非。夜深人静时，一窗明月下，极度痛楚，涤荡灵魂，痛下决心洗心革面。翌日，见了领导却仍是一副奴才样。心依然，灵魂却早被封起，最终郁郁寡欢，垂首西去。他们的种种伎俩为的就是两个字：名利！在名利面前，他们既丑陋又矮小，表面笑容灿烂，内心备受煎熬。主子的一点小甜头，就让他们昏了头脑；一点蝇头小利，就让他们丧失了人性。

羞与这些人为伍的则是另一种人，这种人或者怀才不遇，或者刚正不阿，但是他们经历过一次人生涅槃，人的心胸，便装得下沧海苍穹，装得下日月星辰。那么，所有的世俗的、功利的，得与失，成与败，全部都变得轻若微尘，人会活出一份豁达淡然。世事峥嵘，算得了什么；生与死，又算得了什么。抵达人生大境界，是一种修为。陶渊明不为五斗米折腰，宁愿采菊东篱下，把酒向南山。“此中有真意，欲辨已忘言”，参透了人生的真意，便能按照自己的意愿生活了。李白离开权力纷争的旋涡，两袖飘然，洒脱地游走在自己构建的浪漫楼宇上，仰天大笑而去。苏轼壮志未酬华发早生，但最终找到了自己的精神归宿。他乘风归去，心中也无风雨也无晴。这些人，独立于世俗喧嚣之上，洒脱地行走人生，闲看花开花谢，云卷云舒，去留两随心，宠辱两不惊。

生活于道德境界的人是贤人，生活于天地境界的人是圣人。“人之所得乎天而虚灵不昧，以具众理而应万事者也。”如果肯多做一些有用的事情，多一些无形的追求，颐养一段生命中的仪式感，也许会找到内心的平静与欢愉。当天地和鸣，天籁在心，还要琴弦干什么？又何必在乎杯酒入肚？或者空船逐波？正如东坡居士所言：“静故了群动，空故纳万境。”如此方能风雨不惧，这是宠辱不惊的洒脱和超然。“莫听穿林打叶声，何妨吟啸且徐行。竹杖芒鞋轻胜马，谁怕？一蓑烟雨任平生。料峭春风吹酒醒，微冷，山头斜照却相迎。回首向来萧瑟处，归去，也无风雨也无晴。”这更是一种人生的境界。

不因风生云骤起

骤然，起风了！来不及掩上窗户，桌上的书和纸被吹得一片狼藉。关好窗户，整理好书籍，竟寻起风的方向。风来自哪里？也许来自你对生活的热爱和对平淡世事的感怀！风去向哪里？风去向那遥远的不可预测的未来！不觉间，对风有了如此的感悟。坐下来，品茗读书。信手拿起一本书，就在这个风吹的午后，静静阅读起来。

明人于谦在《观书》中写道："眼前直下三千字，胸次全无一点尘。"心灵的洁净、精神的芬芳、智性的能源全在于一部作品的张力。写作是一种纯粹的精神生活，释放心灵，抒写绚烂的色彩，折射思想的光泽。多年来，在意志、信念和激情的支撑下，我行走在山水之间，问道于生命内外，坚持着作家的梦想，坚守着文化的本真，以坚韧不拔的毅力克服种种困难，笔耕不辍，可谓殚精竭虑、呕心沥血。把心中向往的大千世界，脚下踏过的迢迢旅途，眼前铺展的滚滚红尘，都用笔墨浓缩和舒展，演化为令人激动的文字。

如果说写作是心灵的耕耘，那旅行就是用心丈量。一是悦心，二是益身。当把二者融合起来，便是精神的皈依。在多年的行进中，真可谓是走遍了天涯，写下了多篇令人神往或者沉思的文章。我在文字中，感受山水风景、人情民俗、心灵顿悟的同时，还看到了奋进的脚步，历经千难万险，独步险远偏僻。我不是游山玩水，放牧心灵，更多的是寻找人性，传递最美最真的人间圣境。

坐地日行八万里，风随着意思吹。是的，当远方山水间的诗情画意向我招手，或是远方不老的雄浑与辉煌泊进心田的那一瞬间，根本抵挡不住梦寐以求的相思，也无法管住自己躁动不安的双脚，更难束缚住那份激情喷涌的心绪。目之所及便会不由自主地被山外的风景所诱惑，所缠绕，所沦陷……那种暗暗滋生的情感，令心中向往的大千世界，脚下踏过的迢迢旅途，眼前铺展的滚滚红尘，瞬间都变成了一方方价值连城的宝藏之域，辉映着远去的足迹，照亮了星空，让一个个波澜不惊的平淡日子，从此变得美妙而灿烂。于是，文字寄托了情感，文字抒发了胸臆，文字缀成了向风走去的旅程。

心似琉璃，静美年华。季节更迭，听风轻吟，看雨飘落。花开花谢，落又重开，只道是寻常，不求最美，但求最真！我素来不喜欢与人争，事事随遇而安即可。

向往清雅、宁静，向往宁静之时仅有我个人的万千情丝。静美，随之而来；清灵，随之飘至；温馨，亦随之拂面。透过充满感情的文字，此时此刻，我幡然醒悟，生活其实很简单。哪怕是一株草、一棵树、一座山、一隅民居或者一句热语，多少事物，并不是符合想象的，淡然心性，浅笑相安，如此安好……远远地凝视，不停地追寻，早已默默地化作一种习惯——那是蕴藏在内心深处永不退却、永不满足的跋涉与跨越。

“凉风起天末，君子意如何。”其实，写文章就是说事。事情说清了，文章也就写完了。但是，写文章又和说事不同，因为文学是形象思维的，写出来的东西是要人看的，为了让人爱看，看了后感同身受，要达到说的事动人、被说的人感人的程度，需要有高超的语言手段，高妙的语言技巧，这就讲求语法修辞和语言的能力。写文章要有主旨，要让看文章的人知道你要说什么样的人、什么样的事，要突出中心。在写的时候，要考虑布局合理，还要讲求艺术手法等。事实上，优秀的作家写的文章并没有多少技巧，文字更多的是一种描述，抑或说是真情实感的记录，不加矫饰，原汁原味，但又感人至深，令人深思。在行走中，我感受到更多的是一种力量，这种力量催人前行，从中寻找一方净土和心灵的栖息地，让疲惫的心灵聊以安绥。

凝望风的方向，我的心也许奔波在遥远的路途，继续着文字和生命的梦想！

云水禅心

如歌似诉般的曲水流觞，禅静了尘世的浮落，禅静了无序的恍惚与恣意的轻狂。默默地轻闭双眼，让清澈的溪流在心的柔软处流淌。

我想，人最大的悲哀，就是迷茫地走在路上，看不到任何希望，没有期盼与信念。上帝给了我们探视黑夜的眼睛，纵然眼前见不到光明，但内心一定要有光亮与能量。

“或从草，或从木，或草木并。其名一曰茶，二曰槚，三曰蔎，四曰茗，五曰荈。”茶香宁静可以致远，茶人淡泊可以明志。

“枯枝叶底待欣阳，终是情开暗透芳。日月精华叶底藏，静心洗浴不张扬。悄融四海千河色，暗润千年四季香。窗外闲风随冷暖，壶中清友自芬芳。”茶事入画，始于唐代。画与茶的联姻结缘，让茶脱离了一种饮品的简单、粗放，而成为一个极具哲学意味和人文色彩的文化符号。

一花一世界，一叶一菩提；一念一清净，一笑一尘缘。禅音清净，掠过了怦然的心腔，慈悲怀，恩仇泯，浮沉浣，一任天涯长。红尘千里铸痴心，谁与佛龛付仓央，换了时光。

轮回了百年缘孽，阑珊处，不见你的模样。说什么不证菩提不回头，度尽天下苍生。却原来，缘起即灭，缘生已空，不负如来不负卿，唯见泪沾裳。几经阅读，万千感悟。以虔诚的心，在汉语中行进，将传奇人生的细节和碎片，甚至历史的瞬间，来还原一个非凡而又真实的人生。佛经云：不可因传说而信以为真；不可因经典所载而信以为真；不可因合乎传统而信以为真；不可因合乎逻辑而信以为真；不可因根据哲理而信以为真；不可因权威而信以为真。人借着自己一生的实践，可揭示一切秘密，而你是自己最好的裁判。人活一世，一半迷离，一半清醒；一半烟火，一半诗意；半生春暖，半生秋凉；半生花开，半生花落。每个人都在人生的丛林中奔跑，只是被荆棘刺伤的程度不尽相同而已。

明镜亦菩提，落字怎无殇。不得不承认，坚守是一种希冀，传神的文字是一种心灵呢喃。因为文字是心灵深处最真实东西的流淌，折射着思想的痕迹。好的文字往往是直抵心灵深处那隅幽静的港湾，让人感受石子落入潋滟湖水中荡起的涟漪向四周散开的心动。风比远方更远。众生万物，纵然改变不了过客的宿命，却也应该感谢时光的馈赠，感谢它让我们在岁月的长河乘风破浪，于波峰波谷中辗转历练，变得越来越强大，越来越风雨不惧。如何能够让心走上光明的途径？如何让自己的心灵谐和？身体是心灵的载体，心灵是身体的灵魂。一个人只有让身和心同时得到阳光的沐浴普照，才会真正得到成长。当心灵与社会、自然和人拒绝交流和感触时，心灵往往是麻木的、孤僻的、寂寞的。当心灵的感官体验完全丧失时，人就如同行尸走肉，只有心灵的力量才是伟大的，尽管这一直被某些人所否定。无论是从哲学的高度，还是从现实的实证主义，都可以看出，一个人的心灵受到某种力量支配时，他才可能变得有智慧和真正有力量。虽然这种力量不是某种理论可以证实的，但却又是不可以抹杀的现实，这种存在带有某种神秘感而显得难以捉摸。人们往往只重视做事的实效却容易忽略实效实现的条件，即情商和心智。

黑格尔曾说，一个民族总要有一些关注天空的人。我在诵经声中或许不是阅读，更多的是聆听禅心。在如诗的化境中，静静地感悟，望天上云卷云舒，观人生潮起潮落。温婉又清脆的梵音缓缓地流过心间，生命的脉络在佛乐的浸润下，慢慢地变得柔软舒张。刹那，心中圆润透明，不惹半点尘埃。“是的，要有一些，但不能太多。大多数人只是物质的，少数人是灵魂的，精神的，也就足够了。”云是水的梦，水是云的情，一颗禅心，是水云间的影。醍醐灌顶中，我仿佛看到了修心者行进的脚步和思考的双眸！踯躅于岁月的渡口，愿我们每个人都能忠于内心，忠于自己。

博尔赫斯曾引用这样一句话：“太阳底下无新鲜事，对新事物的认识无非是一种回忆。”时光，无比柔软，见证着我们经历的过往；岁月，沧桑依旧，沉淀着生命中的悲欢离合。掬一捧光阴，握一份懂得，走过红尘喧嚣，时光依旧流淌！

蕴德则润物，论道则声远。云天相依，山水为伴。衣袂飘动，行云流水，丝雨飞花，盈盈含烟，自潭中隐隐而来，氤氲而开，袭云踏雾，掬水泼月，清心涤尘，在潺潺的吟唱中，如一股清泉濯洗心垢，零零碎碎的心事，随云行远，随水永逝。

山林空寂，是谁在月下拨动了筝弦，如风曼吟，似水轻诉。打开一本经书，心静了，世界也安静了。留下芳菲天涯在，除却你无尽的春光，空灵悠远，沁人心脾。

深处是岁月的静美。灵山胜会，妙音吉祥。在诵读中，你不仅仅看到的是人们的奔走，更多的是顿悟心灵的真谛。一切皆缘，笃定前行。

静穆的不仅仅是个人的灵魂世界，这个世界还有着另一种规律、原则、起源和归宿，筑造心灵世界的材料都是我们赖以生存的现实世界。

放牧自己的心灵，寻找精神的皈依。不知道世间是不是真的有轮回，若真有来生，我愿涤尽万世铅华，幻化成佛前的一株菩提，远离俗世纷扰，凡心孤独，可好？我们的心灵可以栽种一株菩提，四季常青。

心静如水，菩提绽放。

只存在一种境界

生命中有许多快意的事情，读书大约可以算作一件，可是，现在生活的节奏和功利破坏了闲适的阅读快感，读书有时变得不那么快乐。当然，读书有很多种，为知识，为实用，为修养。有一种读书却是为快乐，为个人内心世界的丰厚。

在阅读中行走，在行走中阅读。读书有选择，以免被误导，我向来对文学经典怀有很深的敬意，那些被许多人反复阅读的文学作品在不同的时代撞击着不同的心灵。同时，我也深信文学阅读是一种非常私密的感觉，需要我们打开心灵的枷锁，谛听来自生命深处的声音。这些细密的感受就这样一点点塑造着我们，改变着我们。我一直在阅读中思索，在思索中阅读。每每读完一本书，我都会如释重负地“反刍”半天。

我对书是有感情的。天文地理、文史哲美、诗歌散文等，只要是书，都是涉猎的对象，读的时候或躺或坐或卧，或茶或烟伴之。读书时间或长或短，或白天或黑夜。读书没有规律，有书即读。我的家里随处可见各种样式、各种内容的书，只要我手能触及的地方肯定会有书。或许有人会问，读书有境界吗？作为一个读书人，我常常自问：读书究竟是为了什么？为修身养性？是求知益智？是为生命和灵魂寻求一种最终的精神皈依？无论是哪一种读书的态度，我想，大凡阅读者，在阅读过程中，或说在终其一生的阅读生活中，自觉或不自觉，都是在寻求一种读书的精神。一个是读书的艺术性，另一个是读书的自由性。总之，读书是一种率性而读的乐趣，一个人在读书时，心灵应该是自由的，生命应该处于和谐的状态，这种读书时的心境使阅读本身成为生命的享受和乐趣。这是一种纯然的、无功利性的、诗化的阅读生活。

多读书，读好书。诚然，读书还有“三重境界”：为知，为己，为人。为知，就是为了积累知识，增长学问、见识和智慧；为己，就是古人所说的修身、正己，培养自己的人格、道德和情操；为人，不是“今之学者”的“装饰自己，给别人看”的为人，话说大些就是“为黎民百姓”而读书，这一点很难做到。放眼今天，文化精神在萎缩，谈论读书精神，似乎也成了一件奢侈的事情。功利化、商业化、低俗化、快餐式的阅读，越来越成为趋势，而那种超然的、艺术化的读书生活，仿佛只能在我们的记忆里去品味、体悟。然而，没有读书精神的阅读生活，究竟该是一种怎样枯燥、乏味、刻板的阅读呢？古罗马奥古斯丁的《忏悔录》中摘引了这样一句名言：“文字使人死，精神使人生。”寻求一种读书的精神，往往决定了一个阅读者对于书籍的选择态度，对于读书方式的追求、对于书目的不懈探寻和读书对于生命和人生精神作用的终生体验——可以说，正是这种读书精神，才是我一生读书的精神依托，也才使我能够在这个浮躁的时代静下心来读一些书，享受沉思的快乐。这种读书精神，更是在我漫无涯际的读书生活中，永远牵引我灵魂的灼目灯塔。

不过，读书是个人的事情，没有理由强求别人。因而，有一点闲，有一点钱，还是逛逛有点品位的书店，看到喜欢的倾囊购之，天文地理、文史哲美、诗歌散文均可。回来以后，洗手，泡茶，放歌，半躺在床上，让外面的阳光或月光静静地洒在窗前。当然，如果是雨夜那就更好了，和着敲窗的细雨，捧读心爱的书籍，心驰神游，岂不快哉！这也许就是读书带来的另一种境界或享受了。

率真淳朴也是美

是夜，我在灯下翻书，手不释卷。须臾，月光透过窗棂照进来，好美，像小孩的眼睛率真淳朴、天真无邪。书韵，月美，这是一种让人心旌荡开的美，是一种真实的美。

“少无适俗韵，性本爱丘山。”陶渊明喜欢悠然自得、恬淡自然的生命，在感慨“误落尘网中，一去三十年”时不免由衷感叹“久在樊笼里，复得返自然”。其实，这是陶渊明寻觅的一种率真淳朴的美。法国思想家帕斯卡说，人是自然界最脆弱的一根芦苇。但是，人是一根会思想的芦苇，这也是对率真淳朴的一种美的诠释吧。

是的，一个没有个性的民族，不会留下令人瞩目的眼神；一个没有个性的城市，不会留下游客方兴未艾的脚步；一个没有个性的自我，不会留下深刻弥远的影响。诚如一个率真淳朴、浓厚炽烈、个性十足的人，他的人生韵味或许会进入一个徜徉的地带，开阔你的视野。

有一种愉悦，没有品味就不知个中的韵味；有一种韵味，没有享受就不知其间的个性；有一种个性，无须张扬，就知其中的纯粹。感谢生命，只要有生命，就会有个性的张扬，就会有心灵的碰撞，才能阐释人生的风景。多年后，打开尘封的记忆，遐想人生征程，眼前灿烂的风景美丽依旧。

临窗而坐，为的是更直观地聆听天籁之音。真的，不管你走过多少山水，读过多少书卷，事实上读不尽的仍旧是自然，阅不尽的只能是人生。人从自然中来，画了一个圆圈又回到自然，这个过程留下最逼真的就是率真淳朴、个性的宣泄和内敛。

我爱雄伟壮观的大山。每当站在高山之巅，我的心情如大山一样起伏跌宕，那是心已随着大山的高度心潮起伏。面对大山我会自然地发出感悟，那是因为大山一年四季栉风沐雨，每时每刻都充满着向上挺拔的力量。大山的诱惑在哪里？我想不仅仅在它的挺拔，也不仅仅在它的险峻，而在于它的撼天动地，在于它的沉着冷峻，永不低首。大山以豪迈的胸襟，将每个山丘携手相拥，然后给它以最大的高度，让每个山丘在这里倾情演绎自己的瑰丽，从而使大山数万年来依旧稳健高耸，以孜孜以求的张力屹立在世界之巅，任何人都得仰视它的存在。这就是大山的个性，率真淳朴、浓厚炽烈的大美。

我爱波澜壮阔的大海。每当站在海边的时候，我的心情就如大海一样澎湃汹涌，那是因为心已随着浪涛起伏。面对大海我会不自觉地发出感慨，那是因为大海一年四季每时每刻充满昂扬向上的激情。大海的魅力在哪里？我想不仅仅在它的博大，也不仅仅在它的深远，而在于它的浪花飞溅、波澜跌宕；在于它的热情洋溢、永不平静。大海以纳百川的胸怀，将每颗水珠盛情拥抱，然后给它以最大的空间，让每滴水在这里尽情地毫无顾忌地释放自己的全部能量，从而使大海千万年来都以百折不挠、生生不息的活力存在于世界的仰望之中，任何人都不敢小觑它。这就是大海的个性，大气磅礴、率真淳朴的美。

一个是山，一个是海，各有各的品位，各有各的个性。心中有海才能装下最高的山脉，敞开胸怀才能容下一切大小事情，舒展紧锁的眉头，是为了看得更远，看得更清。最弱的人，集中精力于单一目标，也能有所成就。反之，最强之辈，分心于太多事务，可能一无所成。

一个人绝对不可在遇到危险时，背过身去试图逃跑。人要是真的现实起来，想法和日子就变得简单。简单也是一种率真淳朴的美。

置身于率真淳朴的自然中，看花赏木、抚水弄露、踏雪望云、听潮观雾，万般性灵皆有情，静下心来，常加思索，一切存在的事物以及即将发生的事情，从逝去到无踪无影，是何等迅速。因为一切事皆如川流不息，不断变化；其起因受无穷变化的支配，几无固定不变者；在我们身边的是无限的过去与张着大嘴的将来，一切均消逝于其间。在这种情形之下，一个人若是自鸣得意，或是感到困扰，或是觉得烦恼，好像那些恼人之事是长期永久的一般，这个人不是蠢吗？因此，要珍视自然间率真淳朴最美妙的东西，那就是利用一切控制一切的东西。同样，要珍惜人间最美的东西。正如朋友间的将心比心，这样你的心灵和生活才会变得更为充实，点燃一炷心香，让我们默默地感恩。

不妨走进大自然，做做深呼吸，让疲惫的心灵聊以放松，不自觉发出感喟，在催生奋进力量的生灵面前，寻找一种返璞归真的烙印。没有路，肩膀就是通道。走着，走着，你就会猛然发现，融入自然，率真淳朴是一种真正的难以言表的美，这种美会让心底泛起涟漪。

大唐明月

当千年前的大唐气韵随夜入心时，我颤泣着。这是一种绝尘而去的激昂，是一种怅然如失的低吟。这个夜晚，我注定无法入眠，为大唐来风，为喧嚣的红尘中苦苦挣扎的自己找个借口。当我翻看残唐五代时，注定成了夜的酒，让我孤独的心灵一醉方休。

历史的原野上，有追风的骏马在疾驰，马背上载的，是温柔，是体贴，是妃子的回眸一笑，还有那百媚环生；而载不动的，是那江山，那社稷。于是，思想的花开得如此苍白，寂寞千年，开在长安，开在华清宫的山顶。曾经的锦绣，曾经的千门万户，在岁月中变成传奇。虚静中，盘旋在心头的只是永远的伤感。华清宫，月明夜静。在与岁月的较量中，粉身碎骨的当然是名利欲望。可现实中依然有多少人前赴后继，用情感，用真实，用自我作代价，而结局的灰飞烟灭，让故事和岁月平添几许伤感和无奈。马嵬坡下，肃宗回马，让大唐又神奇地残喘近一百五十年。而雷雨之夜，年老的三郎坐在破旧的龙椅上，捧着妃子的一缕乌丝号啕痛哭。于是乎，千门万户的宫门又打开了，那高雅的霓裳曲又从腐朽的心灵流出，在历史的长河久久回荡。此刻，只有我，也只有我在夜风中久久地回味着。

残唐五代，可以说是中国历史上最黑暗、最混乱的年代。短短七十余年，流浪皇帝、傀儡皇帝、扒灰皇帝、优伶皇帝、白丁皇帝、生铁皇帝、儿皇帝、孙皇帝、胡虏皇帝、刺青皇帝、商贾皇帝等十几位天子在中原你方唱罢我登场，在位时间长的不足十年，短的只有数月。中原之外，更是遍地天子，随处司空。乌烟瘴气的朝廷争斗，腥风血雨的沙场角逐，尔虞我诈的智谋权变，金戈铁马的华夷撞击，直让天地呜咽，山河零落，众生流离，光怪纷生。真可谓：残唐天下，一地难以拼接的碎片；五代十国，一窝唐朝生下的怪蛋。说起这段历史，人们大多会想到一个字：乱！不管如何乱，但乱不了我在寂夜阅读的心。

就在这样一个肃杀的季节，卧床蚕食般地阅读，细细品味流动的文字，还有寂寞的滋味。万籁俱寂，我尽量让自己的阅读快些再快些，并非因为书的厚度，而是我所牵心的一波三折、起承转合的文字。滚滚红尘，淹没的是岁月繁华、人生的幻影。当最后的残垣没入风沙，我怀想，唐诗的明月映射不出历史的跫音。时光是锋刃，深深插在岁月的灵魂里。我听见，金戈铁马踏梦而来，从宫殿般的囚室淌出，然后沿着秋水的方向流走。我也看见，当银杯金盏荡着琥珀色的美酒时，有一种腐朽和淫糜在风中飘荡。于是，我沉默着，思索着。意念中，我还可以忆及暮春草长的气息、桃花流水的温柔。漫长的岁月里，我没有忘记和抛弃曾经，只因为，曾经毕竟是曾经。往事如烟，浩帙的历史中总会留下斑驳的印记。

文学与历史有着极为深厚的血缘关系，面对历史，文学有个根深蒂固的观念就是“实录传统”。对一部历史题材的小说，人们总要首先追问它在多大程度上“符合”史料的真实，并以此作为评判其真实性的重要标准。在很长一段时期里，史是第一位的，文是第二位的，所谓历史题材的创作，或是借用文学的形象魅力普及历史知识，或是“演义”历史故事，以“复活”历史的“本来面目”。而所谓的“本来面目”，不过是作者的意识形态观念对史料的提取和阐释而已。所以，在相当长的时期里，历史题材的文学创作并未真正独立于历史，也没有走出历史的附庸地位，更谈不上能动地重塑历史。

众所周知，人们形容一部优秀的作品，向有“佳构”一说。写作领域常认为：所谓构思，就是对作品结构的预设。构思以巧妙而又自然为最高境界。残唐五代中的每个情节、每句话、每个字都是作者从生活中提炼出来的一滴泪、一滴血、一段梦和灵魂的惊醒，其间必然充满沉思、向往，深入人心和现实存在的皈依。这是生命内在的视野，是一种经历、体验，更是一种沧桑的总结。作者在追问远去的故事、追问历史、追问灵魂的脚步……因此，这部作品才有了厚重感和耐读性。

这个夜晚，月亮带走了欢颜，遗下的只是一册书的凝重，比夜更深沉，比黑暗更苦痛。在阅读间或停顿的缝隙中，我遥望着家的方向。而今宵，留下的只是一地凌乱，还有征战的鼓角声鸣。于是，我用心来丈量离家的距离，一本书就这样横亘在其间。而我此刻能忆及的是《遍地狼烟》《遍地诸侯》《遍地天子》《遍地胡虏》《华夷天下》。这些凌乱的纷争，在作者细腻的字里行间竟是那样的安静。当然，还有些许伤痛。那曾经消弭在历史的岁月里声嘶力竭的无助，也早已融进远去的波涛。子夜里，只有我和星星还醒着。

远古的急流，从心底最深处涌出，一泻千里。站在生命的最高点，听到一种呐喊。万般思绪，在心底澎湃激昂，还有一丝落木萧萧的艰辛苦涩，在内心深处成绝望。葱郁、衰败、选择、放弃，这都只是一种姿态。可是在生命的一瞬间，我只能选择用某种情怀来阅读生命的内涵。任凭雨打风吹，却只能义无反顾地行走在永远一个人的江湖，漂泊在永远一个人的思想里。在秋风中，那滚滚不尽的长江水一路向东流，不断诉说着人生的悲欢聚散、岁月的阴晴圆缺。这便是将要合上那一本本书，一刹那间凝结的文字。

俯仰厚地高天，意境苍苍茫茫。汹涌的黄河径流、无边的落木萧萧，千百年来总是蹒跚地走在人世间，却走不出生命的悲风苦雨。季节的风拂乱了青丝，时光沉睡了，而波涛还依旧豁达地流淌着。涛声流过秦时明月汉时关之后，飘曳在大唐风中的，是一丝苦涩，而回荡在天地之间的是一种情怀、一种迷茫的寂静。而寂静，其实就是生命的孤独之旅。这一刻，面对黄河远去时，是谁在酿积永恒的爱恨情仇悲欢聚散？又是谁把梦放在热泪中去放纵？浩瀚大流，流不尽生命的苦难。血与泪交汇的浊流中，我终于读懂了《大唐的裂变》中生命的绿意和坚韧。此刻，我的目光在微笑，而思想却在奔跑。无论喧嚣，无论沉寂，最终都只能随风而去！大唐风起，扫落之际的是卑贱和高贵俱下，横亘在天地之间，我傲然长啸，为情怀，为苍生！

沧桑之痕，若隐若现。黯淡了刀光剑影，远去了铁骑猎猎。累了，我就斜靠在床头歇一歇。然后，再静静地看风起云涌，最后目光停滞在大唐的地图上，希冀从中找出耐人寻味的书，值得去咀嚼历史。不必以为雪仅仅是为了飘零。其实，我可能是在《大唐的裂变》跌宕起伏的故事和美妙的意境中丢失了。这世界，还有什么能够令我感动？我只能躲在记忆中，凝结成冰冷；我寻觅着，而跫音只能在温暖的历史中响起。我聆听着迸裂的声响，内心绚烂得接近疯狂。

闲笔与意境

经历，沉淀，然后是发现，这是一种规律。辗转，思索，然后是咀嚼，这是一种方式。打破“圈地写作”，让文字在意境中恣意流淌，直抵心灵。从西北至东南的迁徙，让作家经受着全方位的颠覆。很多作家的写作就是循着一个“情”字，在看似闲淡的寥寥数语中说出了真心话。

一篇佳作的诞生需要一种气场、一次契机、一种心境。某个时刻，散文家被触动得不吐不快时，开始创作。先是一个细节（即便环绕着这个细节的情绪是晦暗不明的，但作家却被这种朦胧指引，陷入创作的巨大冲动），再搭起粗陋框架，继而进行细处装饰，最终引爆高潮。

散文是应该有形象、有色彩、有气味、有情绪、有节奏、有细节、有空间、有张力，应该是细腻的、生动的、形象的。通常我们说谁写的东西有味儿，大概就是这个意思。无论是抒情还是叙事，即便是“随笔式”或者是“论文式”的散文或历史文化散文，依然需要有味儿，而这个味儿，就是从日常生活语言和大众化的书面语言中变为文学创作语言，并最终形成自己的个性和风格。散文要有哲学的目光，以在场的图景显示未在场的东西，以有限表现丰富的无限。这应该是散文追求的。散文要表达的一定是对生活独特的感受，对生命独特的体悟。好的散文处处闪现“另一个世界”的“另一种”美好。湖畔的光线、高原的空气、牧场的青草，让生活其间的人变得高贵起来，人们和他们蓄养的动物行走在壮丽的风景中。认识到这一点对“这一个世界”——所谓都市的、文明的世界——是重要的。如果都市病的重要体现是空虚，那患这种不快乐病的中产阶层应该想到，和湖边的人相比，你已拥有得足够多。

散文虽散，但并非万物皆可写，散文家只能写他所擅长的那一局部部位。散文家的眼睛像镜片，将常态中的惊异凸显出来，这种画龙点睛的功夫，要求散文家既敏感又博学，还要具有探求人心秘密的热忱。所以散文家的第一要义不是说教（因为愚昧和自私在任何时代都会存在），而是透过高度的智慧和素养，把众生相照耀出来。散文家要敢于正视人类全面的情感冲突，不仅有高尚可爱，更有低俗卑微。好散文总是既简洁又有力，而不是摆出一个大场面来唬人。有时，散文家会描述那些从表面上看来无助乃至破坏大场面的细节，而那些细节便是一颗颗有棱角的石子，灵魂正在其上颠簸不止。

充满着生命质感的细节是散文艺术品质的重要保证。非虚构散文这种文体就像“以身饲虎”，要把自己先放到绞肉机里，自己的血先流了，知道痛了，再写，跟穿着高跟鞋远远地说“你们不应该这样”“不应该那样”是不一样的。冰冷的解剖姿态会让读者在内心里很难接纳。很多作家下笔的时候，情绪很饱满，文字彰显出一种力量。这种力量促使人不断奋进。情感真挚，事件亲历，思考深邃，同时在细节上可适度虚构，自由拼贴。这种经营是小茶杯里兴风作浪，需苦心制作方成格局。他们努力在现实混乱的生活中寻找明亮的点，把这些像萤火虫微光一样的点，一丝不苟地放在合适的位置，直到湿润读者的心。

小说家是自信的，他们掌握了迅速诱惑读者的手段；而散文家是自卑的，其喃喃自语如黑暗中的萤火，高高低低，既害羞又胆怯。但有时，打磨光滑的小说却不如破碎的散文感人，概因有散文家内心的情感和思想支撑。

远方未必都是诗意的葱茏和静美的意象，就像我生活的这个城市一样，风雨雷电，瞬息万变，早晨好好的天气，忽然间沙尘弥漫，呛得人难受。坐下来唯有读书会使人睿智，或许是吧！阅读是好事，要看的书太多太多，关键在于如何选择。时下，书籍琳琅满目，作者层出不穷，作品良莠不齐，写法奇异诡谲。

丹纳说："要了解一件艺术品，一个艺术家，一群艺术家，必须正确设想他们所属时代的精神和风俗概况。"充满着生命质感的细节是散文艺术品质的重要保证。好的散文，除了对生活、生命有独到的体悟，就是苦苦思索那些细节。散文和小说一样都是叙事文学，没有细节就几乎推动不了叙事，叙事本身的张力感是建立在丰富的细节上，这是其一。其二，要思索细节本身深藏的意义，细节在整个作品中会显示其本身独特的意义，像一个词一样，或象征或暗示等；同时，细节之间的相互作用，会使细节呈现出许多独特的让人回味无穷的东西。

清人袁枚有句话叫"千古文章，传真不传伪"。小说常常是写别人的事，散文必须是自己的事，即使写别人，实际上也是写自己。小说往往是身外事，散文大都是心中事。小说靠虚构，散文须写真。小说可以编，编故事，编人物。散文不能编，一编就走样儿，一编就露馅儿。小说越编越典型，散文越编越虚假。小说可以荒唐、荒诞、荒谬，散文是心灵的袒露，必须真实、真切、真诚。像美国的梭罗、俄罗斯的普里什文，他们的大自然写作至今仍是散文圣典；法国蒙田的智性哲理散文，也在全球拥有众多的读者；中国当代余秋雨的文化散文、马丽华的西藏散文等都以自己的个性卓立于世。好的文字关键在于一个"真"字，在阅读中你甚至可以听到作者的心跳！

不可否认，优秀的作家都是带着灵魂写作的，我们从真正的作品中可以看到作家灵魂奔走的方向，能看到喜怒哀乐以及他的个性与才华，一个魅力十足的作家会把自己的肝胆和血性涂抹在每行文字中，使作品真实起来。是的，写作是灵魂行走的代言，这样的说法似乎有些矫情，其实不然，有人说“宁与柏拉图同悲，不与小人同乐”。醉心写作，人的心灵自会有一种空前的清明，尽管这种清明有时是痛苦的。一个真正的写作者，灵魂意义上的行走者，更看重的是弥尔顿所说的把“地狱变成天堂”。因为，他知道，自己不能延伸人生的长度，但可以决定自己人生的宽度，改变不了过去，但可改变暂时。

法国思想家孟德斯鸠说：“喜欢读书，就等于把生活中寂寞的辰光换成巨大享受的时刻。”一部好的作品就应该闪耀着崇高、圣洁的人性光芒，倾注作家对生活的挚爱。读者在阅读的过程中，与作品中的人物同沉浮、共喜悲，经受一场灵魂的酣畅洗礼。

无论身处什么境地，都需要优雅的力量，即使生活在别处，一切仍都来得及。只要你朝前走！

或远或近

就在那里，无须言语。只有去欣赏，去感受抑或静享，才能透彻感悟到对时光的眷恋和情怀。

把生活欢喜过了，你就会愉悦。你若澄澈，世界就干净；你若简单，世界就难以复杂；你不去苟且，世界就不会暧昧；你没有半推半就，世界就不会为你半黑半白。阳光温暖，行走且思，方能悟出生活赋予的真谛。写作也是，从生活里来，从心里来，间或还有心灵和精神的追求，对万事万物的感同身受，或带着炽烈的情感，在闪亮的细节中抒怀。倘若一个作者没有自己的特性或独立的栖息地，没有自己的文字属向，他人无法僭越的文学“背景”，包括精神和地域的，还有个性的，岂能写出有影响、让人心灵共鸣的文字呢？写作是细水长流，在更多的思考或行进中让文字丰腴充实，不能一味无病呻吟，花前月下，浅吟低唱。

作品的思想高度、见地的深度、文学的纯度，决定作品的硬度，坚硬的东西才能经得起时间的考验，易引起读者内心的强烈共振。阅读中，每个字、每句话、每个段落以及每篇文章，都是作者倾吐的一种心痕。这种痕迹不是焦灼的，而是炽烈的。因为每个作者对其生活的故土和远行的热土更多的是眷恋、顿悟甚至思忖，不让带着针脚的时光逝去。山重水复、花草虫鸟、人物景象、万物千事，一一详尽，尽如其言。真谓执笔万言写尽人生，用心千般赏落花情。简洁朴实的文笔，间或沁出泥土的气息，就是那么质朴纯真。因为他用心感受着大地的恩赐，深深植根生活，汲取营养，再过滤，把一切不属于生活的内容剔除干净，用最本真的文字表达方式，简单，简单，再简单些。有些人书写着，静静地思索，偏安一隅。在他们的笔端流淌着对家乡的情怀，对故土的深爱，对旧时光的眷恋。或远或近，微风吹拂，细雨滋润心田的仍是一种难以释怀根植泥土的情愫。

只有那些努力的时光里，生活才是一种生长的状态。灵魂经过了磨砺，就不惧怕任何旅程。心有光亮，自予光芒。就像克瑙斯高所说的那样："时光如同来自四面的、节奏均匀的微波，将生活恒定不变地托升起来。除其中所含的细节以外，一切总是千篇一律。"认真生活的人，对生活抱以很高的敬意，生活一定不会辜负他。终有一天，你的认真会变成他人的望尘莫及。我们不必追赶岁月的深情，因为所有的一切，在时间面前，终将释怀。写作必须从真实的生活中产生真实的作品。其实，读质朴的文字，我觉得除了土，更多的是真情，恰恰这些与众不同让作者走出了一条属于自己的"本土的"写作蹊径。

越是本真，越耐人去读。散文创作贵在"真"和"实"，一味辞藻华丽或做作，或一味板起面孔讲理说事，陈芝麻烂谷子……写者自诩高超，不知其云；读者味同嚼蜡，索然寡味。好的作家写人写物都用情至深，温度灼然。好的文字，会让人欣喜或者癫狂。在阅读中，我常常惊诧于一些作家对文学的坚守，还有对文字的挚爱。写作是件苦差事，光有激情无异随波逐流，还得有驾驭文字的能力、悟性以及厚实的阅读为本，兼及对生活和生命的感悟！

创作就是不断追求自我的过程，努力向上，除了让世界看到我们，更多的是让自己看到世界。时间的力量是伟大的，你花多少时间和精力去耕耘，就能从中得到多少相应的蜕变能量。时间一直往前走，没有尽头，只有路口。徘徊止步还是向左向右，心随着方向。透过文字去领悟所有的美好，源于温柔对待这个世界。所有梦想，只有坚持才能实现，犹如窗前的花静静绽放，倏然令人心动。有些人想了，有些人写了。不管如何，都是岁月馈赠最美的礼物，这样最好。

时光渐远，一切认知或不明的心悸已融入文字，缀在记忆的枝头。世界上有人为了生而活，有人为了活而生。为了生而活的人，把生活过成了生存；为了活而生的人，却把日子过得真正鲜活。努力走向新生的朝阳，是一场苦旅，但并不胜于言说，而在于鄙弃浮华和喧嚣。行走在路上，一门心思，砥砺思考。读一部好书，更多的是一种与自然亲近，与亲情并行，与真情相伴，与心灵呢喃，静归于字纸。

扎根泥土，才能枝繁叶茂、硕果累累。透过文字，我常看到一些作者是行进的，近似朝圣者虔诚地钟情于大地，怒放的生命开出了一树属于他们的花，溢于心间。行走在文字的两旁，对他们来说唯有披荆斩棘，才能向着阳光前行。只有温情地写作，温心地生活，才能写出有温度的文字。

生活是没有那么多情节教你去感知离奇的。小说乃至文字不应该是一味地讴歌或者批判，它更应该是在凄苦与残缺中再现真实的生活场景和这个场景中真实的人，在这种真实中寻找美的声音，并且理性和深刻地对生命进行展现与揭示。读一部好的作品，处处都能让人感觉到这种熟悉和功底、感动和提升。

是的，书是来装饰心灵的。唐代诗人皮日休有诗曰：“唯书有色，艳于西子；唯文有华，秀于百卉。”还有什么比书更好的装饰呢？因此，一本书要对读者有益，否则不如不写。作品的深厚与否，取决于读者的评判。作家心灵亮度的强弱，是决定作品精神层次的关键。事实上，文学是边缘化的，文字的深处存在很多生活中未尽人意的内涵，好的作品是要有生命体验的。

历史以自身的既定方式向前推进，蓦然回首，我们看到文明正以自身的积淀之光照耀着前行者的脚步。不可否认，写作中情感的表达既要真诚，又要直言，是主观内心对客观事物的真切反映。当然也不能随心所欲和放任自流，必须注意分寸和火候，有抑有扬。

在文字中我们保持呼吸，才能留驻时光的记忆！

俯首或遥望

夜色深邃，渐沉。所有的灯盏都暗下去了，唯有心灯点燃。尤其是在阴雨霏霏的这样一个夜晚，我毫无倦意，在阅读的文字中寻找精神的皈依和支柱。文字是张扬的，哲理是深奥的，阅读是行进的，渐读渐悟。

其实，很多作家朴实的文字又好似闪着寒光的利刃，犀利直透心底。渊博的学识为写作注入了“洪荒之力”，每篇文章看似信手拈来，却又煞费苦心。静水深流，沉淀下来的感悟又是那样的厚重。“我们不了解自己的灵魂，更不要追逐别人。人类不能手牵手一同走过整条人生道路。每个人心中都有一片未开垦的森林；是连鸟的足迹都没有的雪原。我们独自前行，也宁愿如此。总是心怀同情、总是有人陪伴、总是被人理解，恐怕会令人无法忍受。”这是一篇文章中的一段文字，是这样简单，细细读来却又醍醐灌顶。

博尔赫斯曾引用这样一句话：“太阳底下无新鲜事，对新事物的认识无非是一种回忆。”一头牵着时光的旧，一头沉着黄河的沙；一头是古代文明，一头是现代峥嵘。也难怪，岸边斜卧的黄河母亲可以那么圣洁安宁地为怀中的娇儿哺乳。咀嚼有温度的文字，不觉间会发现写物是为了写人，是要在心里留住那段历史；更是为了突出时间的虚无，是为了从一粒沙中看到整个世界。文字有温度和先知的智慧也印证了生命体验和语言相得益彰，没有深刻的体验，语言无从生发。好的文字基本上是写作者身边的人、事、物，用“回忆”或是述说的方式与视角，去呈现那些独特的东西，从而给我们营造一个独特的精神世界。我想，写作就是努力创造独特的经验世界，进而创造出具有独特生命感受的世界。每一个作家过往的生活以及经验、记忆是不一样的，要在自己的经验中思索那些与众不同的东西，这是写出独特作品的要素之一。

时间是行走了就能前进的，人类却不是只要呼吸就可以生存。如果我们可以在人性的光辉中行走、生存，命运的空杯是否会因此而变得不同？有人说沙漠不可能种花，但这个世界上，仍然有人去坚持、去灌溉、去相信有可能，因为开花的原因，并不只在乎有没有水，而是在乎你有没有一份执着的信念。黑夜中的那束光隐现的不仅是生命的旋律，更多的是生命的真谛。阅读一些令人心动的文字，还会沉浸在更多的思索中，毕竟作者写的不是意识流的文字，而是一气呵成的论述。在精神高地俯首或遥望，其中，或有文字晦涩或者枯燥，但是你可以放慢阅读的速度，慢下来你会看到文字复述的不仅仅是表象，张扬的一种精神抑或哲理，会走心，更会渗到骨头里，留下隐隐的痛。他清楚地知道如何对待生活，就像他自觉地写作，掌握了主动权，在细节中呈现出许多独特的让人回味无穷的东西。

我一贯认为，好的散文，文字恰似行云流水。海德格尔认为诗性语言是一种敞开，我们通过言语来传达自己。通过表达自己，传达我们的所思。因此，我们不仅谈论某物，而且通过言语表达所见、当下状态以及情绪，作为对世界和对自己的一种揭示。事实上，关键是一种特别的情绪传达，作为对存在的某种方式的揭示。海德格尔强调是一种特别情绪的表达。这种情绪来源于生命与世界碰撞、打量后的体悟，远离已有审美经验和图式的同义反复，它的直觉和体悟是自己独有的。而作家表达的更多是一种来自他灵魂深处的呐喊，这是他对人生的反馈或是折射。因此，有些作品呈现的是另外一个领域或世界，在阅读中保持质朴而机敏的生命感知能力和生活表现能力。文字不能媚俗，不能做欲望的奴仆，如果作品舍弃了人性的高度、人间的温情和痛苦的挣扎，那么难免步入泥淖。对生存状态不夸饰不扭曲，既能够看到生活的苦熬、灵魂的尖叫，也能够看到生活的坚韧、人性的亮度。看到绝望处的希望，看到天上的深渊，既不盲从，也不盲信，在黑暗的屋子里还有一丝光亮在，在暗夜里还有星光和歌声，这样的文字和人生才值得留下和留恋。

著名作家和文学批评家塞缪尔·德拉尼认为："有天分的写作"，其潜力在于把微妙而又引人注目的感觉压缩成非常有效的信息数据包。他说："写作不是在删除中练习，而是一种通往声音的旅途。"文采飞扬的作家所写的文章通常都是极富个性的，这样能够迸发出一些转瞬即逝的感受或行为，梳理见解，以及描述我们都能识别的从属感觉。

夙夜，静寂，只有心跳的声音。终于整理完了所有的书籍，凝望星光璀璨的夜空，如释重负。一本书就是一个故事，温暖着我的心。

时间是一种势，是物所具有的一种势，一种温度。任何物都有这样的一种势，因此才有时间。有时间的向度，就有昨天、今天、明天，有了现象。有生死的温度，就有生命，有食物、有爱、有精神。当人们沉湎在对世界和心灵的发现与思考，而将语言浑然无觉地自然运用了数千年之后，终于真正透出了一种温度。

坚守是一种希冀，传神的文字是一种心灵呢喃。因为文字折射着思想的痕迹。好的文字往往是直抵心灵深处那隅幽静的港湾，让人感受那一种石子落入潋滟湖水中荡起的涟漪向四周散开的心动。感怀之余又有种积极向上的情愫，于平淡中点燃人生奋进的激情和磨砺出文学的灵性。在有温度的文字中慰藉虚弱的灵魂，在精神的高地俯首或仰望！

文学的力量

每个国家、每个民族在每个时代都有自己的艺术，但艺术品有高低优劣之分。客观地说，真正伟大的作品并不是每个国家、每个民族在每个时代都可能产生的，只有那些经过了时间的考验仍具有顽强生命力的传世之作，才是真正伟大的作品。多年来，我个人始终认为，观念意识上的艺术生命力具有不确定性，是一个此时此地无法说清的问题，无法刻意追求。

无论我们给一件艺术品的生命力规定多少内涵，说它反映了特定的时代精神也好，揭示了人性的深度也好，具有独创性也好，反映了“普遍的旨趣”也好，或者展示了广阔的社会生活内容、具有鲜明独特的艺术风格也好，它究竟有没有生命力，最终还得靠时间来检验、证实。任何当下的评说都不具备当然性。道理很简单，生命力就是生命力，没有时间的延续性，就无所谓生命力。

如果文学是浩瀚的星空，那么我们宁愿是广阔的大地，因为那样，我们就可以夜夜仰望那绮丽的“风景”。就在这空旷苍穹之下，清风明月之间，总有一种力量悄悄拨动着我们的心弦，久久挥之不去……那是文学的力量，一种深入每个人内心的力量，一种曾让我们敞开心扉的力量。由此，或许对我们而言，“有一些打动人心的力量”是可以重来的；“有一些经典的文学语言”是可以再次让人重温的；“有一些珍藏在心底的记忆”是永恒的。“现实感很强的作品在艺术上相对比较粗糙，艺术上较好的往往现实感又不是太强。”在文学日益由精神洗礼滑向近似边缘化地位的今天，人们对文学的关注也不再像以前那样单一或者说“执着”了，这可以从另一个方面“反证”出今天文化的丰富性、多元性和社会性。然而，随着时间的推移，公众潜藏在心灵深处的文学热情，又会走多远呢？

时代是衍生艺术的催化剂。一般说来，什么样的时代产生什么样的作品，伟大的时代产生伟大的作品，平庸的时代产生平庸的作品。文学到了今天，无论是创作、阅读还是评奖，都不再是让社会极力关注的话题。在创作中，要拿出我们人格的力量，敢于直面现实，正视人生，真正成为“社会的良知”……让一本书直达心灵，让所写的每个字、每篇文章都让读者有所发现和受益，感动别人首先要打动自己。这些年，我写的一些随笔和文学评论基本都是循着“人性”这条主线进行的，所以刊发在报纸杂志甚至网络上的文字引起了关注，一些出版社和作者力邀我给他们写评论或作序。事实上，我没有很多的时间和精力去应付有些无谓的“吹捧”之作，宁缺毋滥，要写就要写出自己的思想观点和感受，或许这些文字触类旁通会对有些人有益。因此，近两年来，我主要沉下心来创作了《祁连山》《千年一信》《首席编辑》《酒局》《颜面》《医幕》，以及和丝绸之路有关的作品和纪录片。

文学之所以被说成伟大无比，另一个原因是搞文学的人自抬身价造成的。曾经一度被誉为神圣的“纯文学”之说，首先从西方传来，把文学定义放得很高，不食人间烟火的才能算为文学；并把文学看成振聋发聩、澄澈心灵、改变思想的良方，几乎无所不能。1978年诺贝尔文学奖得主艾萨克·巴什维斯·辛格写过一篇短文，讽刺把文学捧上天的人。这篇名为《阅读的孩子》的文章，几乎戳破了一切虚妄的文学观。西方学者休斯等也指出，文学并不能给你解决什么困惑，充其量只是提出一些可供辩论的议题，或唤起人们的关注而已。或许，这也就是文学力量强弱的缘由之一吧！

一个有艺术天赋的人，必须具备敏锐的触觉、细腻的情感、独到的眼光、丰富的想象以及永远不为人情世故所玷污的童真。没有这些，一个缺少天赋而受过各种训练比如鉴赏力的培养和艺术技巧磨炼的人，即便可以成为一个不错的作家，也成不了一个伟大的作家。我是一个文字工作者，或许在平常的工作中对文字必须挑剔，久而久之养成了眼高手低的习惯，有时宁肯去想也不愿动手，间或逼得非动手不可才信手涂鸦，一气呵成。或是看书看得兴致高昂时，随手写下一些文字，我不喜欢在电脑上写作，因为思想不时被打断，文字不会顺畅，所以手写的时候相对多些。

正是因为理性与活力、与时代性的有机结合，作品才能有厚度和高度，真正可谓艺术性与大众化的标本式同构。一个述说不出本真时代性情、本真社会况味，或者干脆就无法让文字、让故事、让书写文本灵动起来、疏朗起来、开阔起来的创作者，其格调和“艺术”品性的纯粹度、现实价值是很让人生疑的。目前，“纯文学”日益“自恋”并被不断边缘化和疏离化，写作成为一种坚守抑或一种精神的皈依。但是，文学的力量在于责任和美，催促着文字书写者行进的脚步，我便是其中的一员。

威廉·福克纳在接受诺贝尔文学奖时说，作家必须忠于心灵深处的真实情感：爱情、荣誉、同情、自豪、怜悯之心和牺牲精神。少了这些永恒的真实情感，任何故事必然是昙花一现，难以久存。我坚持认为，一部好的作品应该是简洁、明白的，不同的作家，创作手法有所不同，对作品的切入点也就有所不同，所以创作的第一感觉应是震撼。如今，即使大浪滔天或泥沙俱下，作家都必须保持骨子里的清澈力量，这是语言和现实、写作和抱负对作家的一致要求。

文学有道。此道能让人生进入一种空明静谧之境。文则静，文则智。静可以内敛葳蕤，智可以心怀明澈，而达到善美之境地，并获得身心享受。舒卷在手，文若在心。于是，便有了江上数峰青、心随文华走的意境，那便是一种守真、养善、藏美的力量了。“一个能思想的人，才真是一个力量无边的人。”我一贯认为，思考是启迪人生的一剂“良药”。因此，在创作中多思考一番，衍生人生的境界，文字才会有力量，作品才具有穿透力。

后　记

时光就这样温暖，让我们遇见了。遇见，是缘分的开始。可是很多时候，我们无法选择这样的开始，也无法预料结局，只好守着最后一个句点，让无奈游离。

生命的路上，总是有赏不完的风景。岁月有时就像一本深刻的回忆录，偶然间将其拾起，掸去陨落的埃尘，铺平泛黄的褶皱，心怀素念，一字一句地念完。感动之余，便会觉得即使在那些最不起眼的日子，也能把寻常的风景看得泪流满襟，叫人不禁慨叹光阴的消逝、欢愉的短促。回眸驻足间，沿着来路留下的深浅印记，一路寻去，有花开鸟语，也会有雨雪风霜。冷暖如流，多少往昔掺杂着琐碎的点滴，悄悄地浸润在这无声无息的岁月里。纵然时光不语，依然会在某个不经意的时刻让人想起，无须刻意地起承转合，也无须担心能否运筹帷幄，蓦然落笔的瞬间，岁月便写满了最美的期许。

不知道远方是什么？向左走，向右走。唯愿在最美的时刻遇见最好的文字。是的，打开这本书时，也许会欣喜地发现此刻阅读是最美的遇见和愉悦。

在流逝日子的另一端才会发现，原来暗淡下来的是生命，鲜艳着的是那些远去并寂寞着的事物。

花开有声，心在思忖。或许掩卷之后更多的是神往，因为在我的文字中或许会听到心灵深处的声音。

从事文字工作二十多年了，我大多是为他人作嫁衣，间或写点文章。字里行间透露着朴实婉约，又彰显一种向上的力量。从我的作品中或许能看到岁月更迭，无论是儿时的记忆，还是在路上的奔波，甚或旅途的景与人，间或感怀伤情之所念……在富有活力的文字中，总是闪现出一些顿悟。不管在岁月中走多远，在不声不响中，总会呈现出令人激动抑或惊喜的记忆。

文学的力量，不再是一种信仰，完美主义也不再是一种憧憬。向上，自然不是唯一的路径，更多是一种催人奋进的力量。

阅读文字，总会浮现生命深处的风景，仿佛会看到岁月涂抹质朴平淡的颜色，长满庄稼、野风横渡的土地上，写满了我跋涉中无限的怅惘和对人生的冥思遐想。用心生活，静心写作，用文字记录一切，这才是最好的回答。

文学创作是醍醐灌顶式的精神意象，主要包括体验、思考和创造。所以文学创作区别于一般意义上的艺术创作，它不是凭空想象，更非随意复制和粘贴。伽达默尔说，科学研究既不能取代艺术经验，也不能超越艺术经验。通过一部艺术作品所体验到的是用其他任何方式所不能达到的。文学创作是自由的思考，对于写作，仅仅需要的是状态，其所有的意义就在于唤起人心的苏醒，把我们蒙尘的心灵拂拭干净，给我们麻痹的心灵打一针强心剂。身上和周边的很多东西在逐渐消失，只能珍惜岁月赋予天籁的回响。

一路奔波，一路向上。我从新闻记录到文学创作，其中有艰辛、失落、挫败……当然更多的是温暖、成长、收获……每一个人的生涯都是故事，都是歌。当然，人生之路也有采撷不尽的故事，这些故事温暖着自己的内心，也丰实着自己的生命。其实每个人的写作态度，大抵是由性格所决定的。于平淡中见精深，凉风有信月无边。我与文字相遇，总会有一种眼前一亮、豁然开朗的感觉，恰如在春花烂漫的山野小径上寻幽探胜。一路走来，山一程，水一方，树一片，花一簇，阅不尽的妙景奇观，美不胜收。一再阅读，便会心生颇许感慨。用朴实的文字寻找失去的生活，更多的是一种记忆。描绘我们经常忽视的角落，是在生活中一点点积累、一次次感悟而成的。有泥土的芳香，也有霓虹的斑斓，更多是心路的历程。

恬淡自适，格勤心志，诚笃坚韧，唯有自娱遣兴。我在文学创作中始终遵循一个“真”字。大千世界，人生百态和事物万象在每个人的眼里，光景映像大抵是相同的，然而衍生出一种思想，凝练出一种感悟，描绘出一种意境，则需要用心和用不同寻常的眼光去寻觅。事实上，任何一种文字创作，最忌讳的就是“公共想象”的大众心态和常态思维，倘若游离不出这种心态和思维，纵使语言再优美，辞藻再华丽，也难以逃离“俗不可耐”的氛围。不同寻常的视角，是文学创作的亮点，是文字蕴含的魂魄，也是写作个性的审美追求，更是文字的生命力所在。

尼采有言，最高贵的美是这样的——它并非一下子把人吸引住，它不做暴烈的醉人进攻，而是那种渐渐渗透的美，人几乎不知不觉把它带走，并完全抵达，使我们的眼睛饱含泪水，使我们的心灵充满憧憬。在文字中，随处可见不肆声张柔美曼妙的诗意，这暖暖的、浪漫的、温馨的诗意，对读者而言则是一种纯美的享受和温暖的慰藉。朱光潜说：“我相信文学到了最高境界都必定是诗。”让文字写出了灵动，把人写活了，把物写活了，把情也写活了。豪放壮美与婉约低回交错有致，宁静淡泊与动感跳跃和谐并存，形成了自己独特的卓尔不群的洞识。这或许是我对梦想的坚持吧！以梦为马，文以载道。毕竟，文字温暖着心灵。

“我常或凝望远景，仰望苍穹白云；又常或坐或倚，不做一事。想象之流无拘无束，在其中的沉思冥想十分宁静。只有在这种宁静中，才容许那些宁静产生作用……”雅斯贝斯这样说。虽然文字是宁静的，却在心里流淌着一种感情，那么炽烈，那么张扬。有谁更懂得天穹的琐事？时间坚定地流逝，却把心灵深处最柔软的文字呈现给了大家，这不就是人们一直追崇的心灵的自由吗？

一本书的精彩，不在于它的厚度，而在于让人受益的程度；一个人的伟岸不在于他的高度，而在于他生命的宽度。我改变不了生活，只能任由生活磨去棱角；时间冲不散往事，只能让往事稀释我的快乐；无法左右他人的选择，只能让灵魂在对错中迷失……在一切似乎无法驾驭的时候，我只能把自己变成一个水做的人，扭曲着在夹缝中穿行……等待只是一种生活态度，内容往往深藏其间，或者根本就没有内容。

时光，就在低眉浅笑中渐行渐远，它带走了年轻的容颜，也在不经意间书写了伤感别离。光阴的对面，或许没有永远，却还有用经历写下的过往，让我们来怀念，还有在行走中日益饱满和丰盈的灵魂，去追寻我们的另类心声。

每天，我的生活都是周而复始的，早晨是从中午开始的，上完夜班，回家时基本都在凌晨，夜愈深，情难抑。宁静的时刻，我更多的是思索，只能用文字来表达感情。或读书，或习字，或写作……总之，被文字包围着、幸福着、丰富着。工作、生活给予我的忍耐是非凡的。看似平淡，实际上我的付出只有自己懂得，犹如东流的黄河。流走的是岁月，留下的是无奈。读的书多了，自然浸透灵魂，形成无边静气，自成境界。文字带给我的更多的是喜悦，让我结识了国内诸多的知名学者作家。我们可以平静地交谈，也可以肆无忌惮地争论。真实的文字赋予我们更多的交流，这使我的文学之路能够延伸，甚至走得更远。

一个人要学会感恩，在感动中砥砺前行。感谢中国书法家协会副主席翟万益先生为我题写书名。多年来，他一直很热心，关注我的创作和成长。感谢马步升先生在百忙之中为本书作序。多年来，他亦师亦友，如兄长般一直关注和支持我向前奋进，他的为人、作文都值得我学习。感谢我的父母，他们是地道的农民，但他们心比天高，忍受着田地劳作的艰辛，硬是咬紧牙关让我们三个儿女走进大学，读书识字。如今他们已近古稀之年，两鬓白发。感谢我的夫人高慧芳，不遗余力地支持我的文学创作，承担了更多的家务，让我在当“甩手掌柜”中完成了很多创作，并及时保存了我差点失去的文字。感谢我的女儿赵子萌，淘气却又细腻的姑娘，总是在可爱的笑声中激励我前进，她的存在让我多了创作的激情和动力。感谢我的朋友们，是他们的包容支撑着我继续文字的梦想，或远或近，他们的心都是真诚的，良师益友，助我圆梦。最让我感谢的是凌翔老师，虽未谋面，却在鼓励中给我提供机会，让我的文字汇集成册，呈现给读者，分享文字带来的欢愉。

在此，非常感谢我供职的《兰州晚报》，为我的发展提供了很好的平台和强劲的后盾，以及总编高冲先生多年来的关注和热心支持，让我不断奋进，还有同事们给予的希冀和帮助，让我充满信心勇往直前。

当文字成为记忆的最好容器时，也成为一个人最好的精神履历和成长方式。当黑夜将尽，曙光那支温暖但也沾上了霜露的笔，锱铢积累，不断地写下——字、词、句，顿悟和向度。如果没有褶皱，平整是寂寞的。倘若没有褶皱，世界也显得乏味。对有些人来说，注视它如同注视世界的私密一样，充满好奇和诱惑。寂静的荒野是可以聆听的，唯其寂静才可聆听。弯曲的河流同样是一曲优美的歌，一个人在旷野凝神谛听，犹如文字折射的光芒，是一种泉响空山、鸟鸣山幽，奋进向上的力量，直透人生，抵达心灵。

“闻多素心人，乐与数晨夕。”放手并没有脱手，作品总是作者心声的集结和文字的表达。被命运碾轧过，才懂时间的慈悲。写作成为一种坚守抑或一种精神的皈依，在感恩中，我会一直书写。是的，只要砥砺前行，才不会辜负阳光赋予的希望！

空山寂语，唯有鸟鸣。这是一种难觅的风景，更是一种人生之境。

心中若有桃花源，何处不是水云间？手捧这本书，在明媚的阳光里，让书香芬芳伴着您。亲爱的读者，有您真好！

提高现代文阅读和写作成绩的金钥匙

赵武明作品
阅读试题详析详解

空山寂语

（1）一种人生是山，原地不动，四季风情。一种人生是水，流向远方，汪洋恣肆。看山是因为山的高度，看水是因为水的深度。

（2）每天醒来，举目所及是一望无际天地相接的地平线，太阳不用费很大的气力就从地平线爬出来。居住在黄河边，天气仿佛一直都是那样，要么是艳阳高照，要么是灰色惨淡的云久久不散，让人压抑。时光随着太阳很容易过去，没有什么喜悦挽留远去的时光。

（3）我生活的城市或是农村，四周皆环山。儿时到上大学前，生活在一个县城，名曰山丹，是西北边陲的小城，横在丝绸之路的节点。伴我成长的这座小城南有祁连山，西有嘹高山，东有焉支山，北有龙首山。山因境名，景由山生。每座山都有其神奇瑰丽，每座山都有其离奇传说，每座山都有其个性特点。置身每座山中，都会有不同的感受和异样的收获。

（4）行走在小城，大山赋予了我挺拔的秉性。岁月无声，因为声在心的深处。正如矗立在远方的大山，缄默无语，可是身影，却历久弥坚。目光透过岁月的风尘，守望着一座座大山！

（5）中学时，总是和一群小伙伴去山中找一些好吃的“果腹”之食，遍尝山珍异味，幸运的是从未中毒。其实，攀山觅食也是人生征途中一次次挑战。大山是沉默的，它把魄力赋予沉默之中。无论生活中我们遇到什么样的困难，我们每个人都有一座山来登，那些无形的困难会在大山的深沉中融化。

（6）岁月难留，青春易逝。人生总是在攀登，上了大学及至工作、成家、生子，十余年的更迭，我便留驻在黄河边的这个城市。名曰：金城。兰州是一座个性十足的城市，山有山的伟岸，如父亲坚实的脊梁；河有河的温柔，似母亲宽阔的胸怀，一切都在流淌，行走的脚步却从未停下。在兰州，我是一个追梦者，多年来生活在临河依山的城市。

（7）久居临山的日子，只能慎独而行、慎思而为。

（8）这些年，行走南北。每去一地，必将攀山览景。不论是名山或是无名山，总是或多或少地多了眷恋之情。常想起仪态万千的群山形状，流连忘返于大山的点点滴滴。小时候因故常去大山里，几十年后又与大山结缘在河畔生活，对大自然的感受，对大山的情有独钟，让我总想找个地方予以抒发。到过大山里的人，常会有一幅幅画面定格于脑海：当你站在大山里，看着四周山峦起伏延绵舒展，会惊叹于大自然的壮观。走在山涧仰望群山，又感觉自己渺小如尘粒。如登到山顶，举目遥望，云雾盘绕在半山腰，若隐若现的山峰俊秀恬静地遥相对望。当阳光透过云层洒向大地，厚实的大地像斑斓的五彩祥云一样散发出阵阵泥土的芬芳。当金色的阳光照耀在群山上，群山像出征的壮士披上了金甲战袍般庄严威武。站在山巅，山风习习，时而轻拂脸颊，时而夹杂着呼啸声，卷起尘土扬上你的发梢，让人在欢笑声中忘情地与大自然融为一体。山有很多种形态，有的山峰像刀削斧斫般指向天空，山崖嶙峋，崖层纵横交错地裸露，断层上写满了故事轮回。这种山形特好看，如神工妙手雕刻出的杰作。若是在烟雨朦胧的内陆大山里，植被茂密，那争先恐后地向上努力伸展的树林，就如争宠的孩子想最先得到太阳的光顾。当一束束阳光穿过茂密的森林，照耀着林下的植被，那些小草藤蔓也尽情地舒展着腰姿努力地向上延伸着，这种大山又是另一番情趣。

（9）菩提本无树，明镜亦非台。不管是何种形状的群山，都让我深深地眷念，眷念着大山博大的胸怀，眷念着大山坚韧质朴的品质，眷念着大山呼啸而过的山风，眷念着大山那生生不息的万条河水。大山是浸入我奔波的情愫。不管离开有多久、走得有多远，大山是我心灵依托的栖息之所、灵魂洗涤的静谧之乡、精神升华的不朽高地。

（10）山是有气节的。当雄心勃发的时候去登登哪座山，让自己的征服自然的欲望得到满足；当你在学习工作之余，跑到山顶上呼吸呼吸沁人心脾的凉丝丝空气，看一看自己生活着的城市，想一想开心的事，把心里的种种烦恼都被抛到九霄云外，一个人慢慢地享受这世外桃源式的小憩。当你在遇到困难的时候，登上山顶的你还会把你所遇到的困难同大山相比吗？对山，是一种态度。

（11）山是厚重的。关山阻断，青鸟探天。很多人守着山，看着头顶巴掌般的天空，以为这就是世界。走不出大山，也是一辈子。要有怎样的想象，才能思考“山那边是什么呢”？也许，就是躺在山坡上，看云朵。云没有脚，却能大步流星。于是，有了一种形容成功的方式，“他是从大山深处走出来的”。在大山里，是愚公移山的笨拙让人们路途宽阔，走向外面的世界。

（12）山是沉稳的。山连着山，绵延交错。山外，是红尘万丈，功名利禄，活色生香。山内飞瀑倾泻，苍翠欲滴。晨钟暮鼓，云烟缭绕。名刹古寺，声声禅语，不如归去。果然是归去来兮，善思顿悟。“性本爱丘山，误入尘网中”，何不“采菊东篱下，悠然见南山”？唯有山，收留寂寞不羁的灵魂，以及落魄颠沛的诗意。如此，便是“相看两不厌，唯有敬亭山”了。

（13）山是有情的。与“盈盈一水间，脉脉不得语”的细腻婉转相比，山的情谊深藏不露。山是有心的，那是“春山淡冶而如笑，夏山苍翠而欲滴，秋山明净而如妆，冬山惨淡而如睡”。需要心心相印的互动。那是“远上寒山石径斜”，却是“人闲桂花落，夜静春山空”，又是“山重水复疑无路，柳暗花明又一村”。逡巡山中，感慨万千，留下诸多的遗憾和记忆。

（14）山是有故事的。博大的胸怀里藏着多少飞禽走兽，收留了多少光阴岁月。看看树上的年轮，松枝变琥珀。山间瀑布因何而来，林深岩洞通向何处。深山里，野草疯长，百花竞开，美不胜收。间或留步闲览，静谧却是空灵赐予的恩惠。寂山无语任凭思，鸟鸣其间山更幽。

（15）空山寂语，唯有鸟鸣。这是一种难觅的风景，更是一种人生之境。

1．本文写了山的哪些特点？从结构和内容上分析这样写的好处。

2．作者为何要放开笔墨去写童年与山的亲近？

3．作者赋予登山怎样的喻义？

4．试用修辞手法简析“唯有山，收留不羁的灵魂以及落魄颠沛的诗意”这句话。

参考答案：

1．本文写了山的气节，山的厚重，山的沉稳，山的有情，山的有故事。层次分明，结构严谨。从不同角度对山的特点进行逐一描写，使山的形象更具体、更丰满，是作者对山的眷恋和钟情的理由所在。

2．作者放开笔墨追溯童年和山的结缘，为下文和山为伴、与山灵魂相依作铺垫，是前因。

3．作者赋予登山以深远的象征意义——登山就像勇士征服现实生活中的艰难险阻一样，突破重重关隘。启发我们在生活中面对困难，要永不言败、永不放弃，做生活的强者。

4．“唯有山，收留不羁的灵魂以及落魄颠沛的诗意”这句话，以拟人的手法，鲜活生动地写出了山的包容、慈祥以及山作为大自然的一分子给予人类丰富的联想和美感。

春天是快乐的

（1）风吹过的时候，黄河岸边，迎春花、丁香花次第展姿，馨香袭人。已着绿装的小草，探出头来呢喃着：春来了，春来了。

（2）是的，春来了！当午后的阳光透过窗棂洒在我的书桌上，把书桌割成两块，明亮的温暖和阴暗的寒冷。即使是在九楼，我也能清晰地看到阳光所过处，那些尘埃在阳光中舞蹈。阳光让一切变得真实，真实地透过一些危险的面孔，让一切肮脏的东西折射出来，让美丽的东西显露得一览无余，仿佛人的心正在交谈。这个世界，人们需要阳光，在阳光下行走是健康的沐浴，甚至可以涤荡灵魂，纯洁人生。

（3）倦怠，慵懒，暧昧，渴望。播下希望的种子，收获满屋的阳光，或许孕育着春天的故事，挥洒着春天的情绪，低吟着春天的旋律。行走在河畔，聆听黄河涛声，真希冀阳光热烈地拥抱每个行者，打开心房和自然真切对话。只有懂得交流和诉说、敢于追求的人，才能得到自己的幸福。倘若总是郁郁寡欢、暗自涕零，心里的欢喜和爱恋无人知晓，只能任它们在心里生根发芽疯长到枯萎凋谢，最后腐烂在心里，腐蚀了自己的灵魂。

（4）在人的生命里，谁都有删不去的情节，谁都有抹不掉的记忆，铭记这段情节和记忆，就是在梳理自己的命运和幸福。回首时，恍然若梦，又清晰如昨。不管时光如何更迭，还是留下这些情节贮存在记忆里，美丽的忧伤，美好的回忆，都会让自己在闲暇时感动。其实，一个人最优美的、最迷人的、最值得赞誉的，也是最经得起欣赏和品味的姿态，就是在春光里阅读，在春天审视自己。

（5）花非花，情非情，喜与悲，乐与苦，爱与不爱，相隔不会太遥远，一念之间，朝夕之变。还是在春天，看那闪烁着温暖光辉、飘浮在昼与夜边缘的朝霞。或在深夜，聆听春雨敲打窗外万籁的音响。有人说，生活的琐屑不虚伪，让处在城市中的心灵感到迷惘和疼痛。不可否认，痛苦是一个人的影子，它忠实地伴随着人的一生。一个人可能一无所有，但不能没有痛苦。因为痛定思痛，一个人才能更加真实。

（6）春天来了！走出门看到满眼的绿，是那样的新，那样的柔，那样的醉人。上班的路上，看到女人们鲜艳的裙子，在风中像一朵朵绽放的花，于是心情就变得很好。想起一句诗：事如春梦了无痕。有一点淡淡的喜悦，但每个人的心情都不是这样的好。犹如春雨滋润着每个人的心，泛起温暖涟漪的又会有几人？

（7）有人说，春天是容易使人忧伤的季节，曾看到有人签名留言："也许是春天，使我们共同忧伤。"而我却难以割舍盎然的春意，徜徉在春光里，捕捉春天的影子，品味春天带来无限生机的快感。

（8）走在路上，春天的暖阳已经有点热烈的温度。小孩的脸上已现潮红，遮阳伞也为女人们呵护着青春。风情线上的迎春花开得欢快热闹，花蕾满含希冀，枝条修长而柔美，像刚出浴的少女的秀发一样妩媚妖娆。

（9）慧者潜锋芒，潮湿的心在春天复苏。不错，心怀感恩，人生才会更加丰厚。光芒无须太亮，够亮就好。

（10）鲜花或雅或艳，常常会被栽在盆里，其实最美的风景应该在春天的路上。不信，携着春的手，会遐思万千。雨点没落到你的身上是偶然的，但太阳的光芒总会照亮你的心房，春风拂雨，心旌荡漾。又是一年春好时。

（11）面朝大海，春暖花开。春天，应该是快乐的！

1. 在作者笔下为什么说春天是快乐的？请简要概括。

2. 这篇文章中应用了多种修辞手法，试至少举两例。

3. 通过阅读此文，谈谈如何才能获得幸福？

4. 作者是如何形容满眼的绿？这样写有什么好处？

5. 文章结尾处引用的“面朝大海，春暖花开”是谁的诗句？你是如何理解这句诗的？

参考答案：

1. 春天是充满希望的季节，一个人最优美的、最迷人的、最值得赞誉的，也是最经得起欣赏和品味的姿态，就是在春光里阅读，在春天审视自己。

2. 拟人。“已着绿装的小草，探出头来呢喃着：春来了，春来了。”

比喻。“看到女人们鲜艳的裙子，在风中像一朵朵绽放的花。”

3. 只有懂得交流和诉说、敢于追求的人，才能得到自己的幸福。

4. 走出门看到满眼的绿，是那样的新、那样的柔、那样的醉人。

这样写的好处是：生动、恰当。

5. 诗人海子的。

诗人将直抒胸臆与暗示、象征手法结合起来，使全诗既清澈又含蓄，畅快淋漓而又凝重、丰富，抒发了诗人向往幸福之情。

父亲·大山

（1）每每回家，凝望四周的青山，我总是哽咽无语。因为，在我的心中父亲就有着山一样粗犷坚毅的秉性。说起父亲，从事文字工作多年的我，竟不知该如何用汉字来书写他山一样的情怀。

（2）岁月无声。因为，声在心的深处。正如矗立在远方的大山，缄默无语，可是身影，却历久弥坚。目光透过岁月的风尘，守望着一座大山——我的父亲！

（3）自从离开家乡来到省城求学后，一直为了生存四处奔波求发展。日子像胡子一样疯长，一晃眼，竟然游荡了十余年。其间有了工作，有了自己的家庭，有了孩子。也不知到底忙些什么，回老家的次数像下楼梯越来越少，每次回家也是匆匆忙忙的，等返回省城时，心里总有说不出的失落和内疚。因为，我知道欠家人的太多太多。

（4）前不久，又回了一趟家。见了父亲竟然一整天没说多少话，是他老了，还是我走出了家的影子？快子夜了，我翻来覆去地难以入眠，信手拿起一本书，漫无边际地乱翻。“夜深了，明天再看吧！对眼睛不好……”父亲的声音透过窗棂和月色传了过来。我不由地一怔，夜这么深了，父亲还没睡。我凝神望去：高高的颧骨，瘦削的脸庞，斑白的双鬓，眼睛里满含着关切。这就是我的父亲吗？这就是我引以为豪作为精神支柱的父亲吗？在生活的磨砺中，他竟会如此的苍老？我的心揪得很紧很紧。

（5）父亲年轻时好胜，为了生计经常奔波在外；为了家庭，更为了心中的目标，他早出晚归，任劳任怨。在成长的路上，父亲对我们兄妹三人付出了心血。不管有多累、多苦，他总是咬紧牙关说："哪怕砸锅卖铁，都要供你们读书，读书是你们唯一的出路。我们这辈人吃了亏，可不能让你们睁眼瞎。"为了这个夙愿，他眼睁睁地看着邻居家的孩子念完初中，打工成家。邻人笑了，父亲却说："我心中有数。"他硬是用自己厚实的肩膀供出了三个大学生。如今，我和弟弟、妹妹三人如愿以偿地走进了省城，可是父亲却越来越老。每次回家，我都不敢正视父亲，只能从他的双眼中读出点什么。我们回家总是惹来邻居和亲朋艳羡的目光，父亲却开心地笑了："我的心血没白费吧？"此时，我们的心其实很痛很痛，父亲给我们的何止这些呢？

（6）再过几个月，父亲就会步入花甲之年。如今，他总是在夕阳西下的时刻守望着家乡那一座座不老的青山，仿佛在翻阅一部百读不厌的书。青山刚毅粗犷，青山屹立坚强，青山默不作声，但父亲能读懂那一座座青山。对家乡的青山，他有着一种难以割舍的情愫。每当此刻，父亲好似一座大山屹立在我们心中。父亲就是一座大山，那是我们生命的根本，也是我们心灵深处最深刻的回忆。父亲一生的酸甜苦辣，其实都写在他厚实的脊梁上，藏在他沧桑的脸上。

（7）父亲的秉性，如同家乡的青山；父亲的爱，也如同家乡的青山；青山不老，父爱难忘！父亲的爱，厚重如山。父亲的形象，巍峨如山。父亲，是我心中的一座大山；父亲，是我人生征途中的一盏明灯；父亲，是我生命中永远读不完，甚至很难读懂的一本书。我深知，父亲为我们儿女奉献太多太多，因为他一直像一座大山背负着我们的憧憬。

（8）这个春天，阳光很美。行走在春光中，想着阳光里的故事，我的眼前总是晃动着父亲大山样的身影，感觉心里很温暖很温暖。耳边传来女儿稚嫩的声音：“爷爷，照顾好自己，按时吃饭，你的孙女想你了……”女儿总是拿着电话和她的爷爷聊个不停，稚嫩的童声总是湿润我的眼睛。已为人父的我，又能为父亲做些什么呢？

1．联系全文，说说文中的父亲是一个怎样的人？

2．文章第六自然段中说“青山刚毅粗犷，青山屹立坚强，青山默不作声，但父亲能读懂那一座座青山”。作者为什么说父亲能够读懂那一座座青山呢？

3．阅读全文，请概括文中关于父亲的两件事。

4．结合文章，谈谈你对父爱的理解。

参考答案：

1．关心子女、任劳任怨、坚强刚毅。

2．①父亲眷恋故土，对家乡的青山有一种难以割舍的情愫。

②父亲的秉性与青山一样，深沉、厚重。

③青山是故乡人民的依靠，父亲是儿女的依靠。

3．①父亲深夜未眠，关心着仍在工作的“我”，提醒“我”要保护眼睛。

②父亲年轻时早出晚归，任劳任怨，砸锅卖铁地供“我们”兄

妹三人读书。

4. 开放性试题，言之成理即可。

“原”上灵鹿

（1）朝阳微露时，一颗巨星陨落。在三秦大地富有生机的季节，白鹿原上草木含悲，风信子将一个令人扼腕盈泪的消息吹向八方：文坛巨擘，白鹿原的儿子陈忠实去了另一个世界。

（2）2016 年 4 月 29 日，金城喧嚣。五一小长假前，黄河东流，草长莺飞，早上不到 8 时，手机的振铃唤醒了上夜班睡懒觉的我。有短信提醒：陈忠实因病于当日 7 时 45 分溘然仙逝。短信接二连三，后又接到几个电话问这个消息是否谣传。我急忙上网搜索：各大门户网站都发布了让人悲伤的消息。随后，我拨通了陕西几位友人的电话，再次证实了这个让人难以置信的消息。我不想接受这一事实。顿时，仿佛天塌了一样，我哽咽无言，面向陕西方向深鞠三躬，表示对先生的哀悼，祈祷他一路走好。打开微信，有关先生的各类文章和消息接踵而至，我挑选了部分代表性的文字予以转发以示对先生的怀念。

（3）说起来，和先生相识已有好多年了。先生对我从事文字工作和文学创作是在鼓励中奋进，在鞭策中行进，更钦佩先生的为人为学之态度。第一次与先生联系时，很是冒昧。当时我还上中学，因获了全国的几个中学生作文奖，再加之处于文学狂热的那个时代，不知天高地厚的我创办了校园文学社，还编印了一份小报。那时接触了先生的很多文章，便由衷地学习起来。膜拜中，一个想法油然而生，请先生和贾平凹做文学社的顾问。于是寄上油印的文学社刊物，也曾想过石沉大海（现在想想当初真的是很幼稚胆大）。不觉半月后，竟然收到信封上标有“陕西省作协”字样的信件，迫不及待地打开后，未曾想是先生的亲笔回信。信中先生鼓励并教导我说，学生的首要任务是学习，爱好文学没错，更应抓好学习等，并且告诉我，他和贾平凹不是一个单位的，还写了贾平凹的工作单位。那时的我，除了激动还是激动。

（4）时光荏苒。再次和先生取得联系时，我已在兰大学习，期间冒昧将改了又改的一篇小说寄给了先生。当时根本没抱任何希望，因为那是 1997 年，先生的《白鹿原》刚刚荣获了茅盾文学奖。孰料一个多月后，竟然收到刊有我小说的《延河》杂志样刊和先生的亲笔信。信中先生除了鼓励的话语，又一次说学生在上学期间尤以学业为主，文学只是爱好，并指出了小说中存在的不足，同时建议创作散文可能比创作小说会有收获，业余时间多读好书，增加阅读量等。至今，先生的教诲仿佛还在耳边，激励着我不断向上。

（5）如果说书信往来与先生结缘，真正见到先生却是在 1998 年的冬季。那一年，我刚参加工作不久，被派到陕西《华商报》学习。期间，我专门来到位于建国路的陕西省作协拜谒先生。去时也未联系，贸然前往。当时的情景至今记忆犹新：当我在工作人员的指引下，诚惶诚恐地走进先生的办公室时，阳光正透过窗棂照进平房的一隅，先生正坐在那修改文章。自我介绍后，先生高兴地说，我给你回过几次信哩，年轻人就要好好学习，不论是工作还是学习。然后，他用一个搪瓷茶杯泡了茶。随后，我们攀谈起来。只问生活、工作及甘肃的发展情况，只字不谈文学。先生还说，陕甘一家亲嘛，不要太生疏。阳光照在他岁月镌刻的脸庞上，沟壑纵横；灰白的头发，瘦削的身材却是那样高大伟岸。随后，他给我写了“磨砺笔锋”的一幅字，并带我去了《延河》杂志社，还送给我好多本杂志。

（6）不觉间，已到中午时分。我要告辞时，先生说来了就要吃个羊肉泡馍，便带我到一家羊肉泡馍馆。吃饭时，话不多。平易近人，待人和蔼的先生那时给我的印象是总抽着“黑棒棒”，宛如父辈一样关爱着年轻人。临分手时，我很大胆地要了先生的电话，他不但给了办公室的，还留了家里的。冬天很冷，但我心里热乎乎的。

（7）凝望远方，思绪万千。后来，由于工作原因，也不知整天忙碌什么，只是在春节期间给先生打电话拜个年，先生总是说有空来西安玩。2000 年，我去陕西洋县采访，在那停留了十天左右。到西安后，我给先生打电话，家人告知去外地开会，未能晤面甚憾。当刊有《东方宝石朱鹮》一文的杂志出版后一月，我居然接到了先生的电话。他说，把朱鹮写活了，好好写。先生还提醒我，不可懈怠，写散文潜力应比小说的好，更要下功夫，欲速则不达。聆听教诲，受益匪浅。这些年，我在散文创作方面屡有收获，得益于先生的教导。

（8）又是一年的春天，陕西举办的一个文学大赛，我有幸获奖并去参加颁奖典礼。会后，我去看望先生。和先生聊了不到半小时，便匆匆告别，生怕耽误他的时间。因为，彼时他除了工作还要接待来自五湖四海的作者、读者。临别时，他在我的一个本子上写下了：文学神圣。先生拍着我的肩膀说，静下心来好好写点东西。至今，他写给我的字仿佛印在我的脑海一样，促使我笔耕不辍；他说给我的话、谆谆教诲鞭策着我勤思善悟。

（9）几年前，获悉先生生病，总想去探望，但最终未能如愿。只是在间隙中，得悉先生病情略有好转，很少闻先生的行踪。匆匆间忽闻噩耗传来，令人心颤。这两天我都在搜索着有关纪念先生的动态信息，写回忆文章者不少，前去吊唁者众多。

（10）高山仰止。先生之所以受万人敬仰，为人为文堪称“一代君子”。<u>一位老人走了，留下的不仅仅是一座丰碑，更多的是思忖。</u>白鹿原下，悲歌生起；白鹿原上，青松挺拔。九州华夏，痛失一代文坛巨星。人都有离开这个世界的那一天，只是陈忠实先生的离去显然令我们倍感突然。幸甚，他把他要说的和所想的，都已经留在了他的作品里。回首来时路，白鹿原上的那只灵鹿依然会在梦里呼之欲出，那塬上一位位鲜活的身影，又哪一个不是白鹿原上的传承……

（11）斯人已逝，空留悲情。手捧《白鹿原》，心有戚戚然。一部作品，留下的不仅仅是文字，更是震撼心灵的呕心结晶。行文结束时，金城居然下起雨来，也许是予先生的遥祭吧！

1. 联系上下文，说一说为什么“顿时，仿佛天塌了一样，我哽咽无言，面向陕西方向深鞠三躬，表示对先生的哀悼，祈祷他一路走好”？

2. 结合文章主旨，试分析第十自然段画线句中加点词的含义。

3. 作者以“‘原’上灵鹿”为标题，有什么用意？

参考答案：

1. ①先生对“我”的文学道路给予了众多指导与帮助，“我”心存感激。中学时期，先生亲笔回信，对“我”创办的校园文学社进行鼓励与指导。大学期间，先生又一次回信指导“我”的小说，教诲、激励“我”向上。

②先生为人随和，关爱后辈，“我”十分敬爱先生。面见先生时，他给“我”泡茶，带“我”吃羊肉泡馍。

③得知先生患病，“我”却未能前往探望，十分遗憾。

2. ①“思忖”本意指考虑、思量，这里指的是陈忠实先生的离去引人深思。

②“思忖”一词道出了陈先生对作者以及后人的影响之巨大，说明他虽然已经离去，但是他所留下的精神和艺术作品，都值得后世思考、传承。

3. ①“灵鹿”指陈忠实先生，该标题点明了文章主要人物。

②“原”指陈忠实先生的作品《白鹿原》，也指先生的故乡及他的精神乐土。

③以“‘原’上灵鹿”为标题，既概括了文章主要内容，又点明了主旨，表达了作者对先生的崇敬与缅怀。

雪落黄河

（1）小雪，没有飘雪。

（2）大雪，没有飘雪。

（3）冬至，还是没有飘雪。

（4）风，随着意思吹，吹起了黄河千层浪。

（5）居住在金城的人，都期待着一场雪，银装素裹，洗尽铅华。

（6）冬雪罕至，有的只是零零星星的，还没落地就已融化了，轻描淡写，虚无缥缈。偶尔看到山巅上的雾凇，抑或在寒冷的山间瞥见雪凌花，欢喜得不得了。瞬间，仿佛觉得眉毛上的水都凝成霜，内心期待一场开打的雪仗。

（7）没雪的日子，蛰居的人们只好逐着一场梦，来到滑雪场。在人造雪上，变着法儿撒欢。但总觉得缺失了一种天籁的韵味。

（8）终于，一场雪飘然而至。白雪覆盖了大河上下。

（9）这是春雪，从天而降，来自空灵，归宿在大地，轻盈明媚地覆盖，不拒绝脚印，不拒绝炊烟，不拒绝广场与人群，毕竟人群是最有生命气息的所在。

（10）喧闹的年代如风一般远去，那颗经过生活磨砺的心，却已变得沉静柔软，撒下了温情的种子，萌生出平和的心境。不再去追逐一场繁华，知道时光是把无情剑，会消遣世上的一切，好花也难免缤纷一地，盛景也有暗淡的一天。只有那平淡的岁月，伴随我们质朴的生命，眺望黄河东流，闻听河水汤汤，一起走到人生的尽头。

（11）心静若水，则从容恬然；止水无波，则明澈无尘；岁月轻轻，则平淡似花；心动如水，则涟漪漫溢；清香呢喃，则自然禅静悠远。享受心灵的自在，用淡雅雕成花一朵，将心语串成一缕缕岁月的心路，让墨香自我洒脱，蔓延着一份自然、一份心灵的情怀。此时，唯有雪落的声音，浸润着心灵。

（12）在大地上随意行走，喜欢淡淡的景色，水墨一般的情韵。我惊异于大自然的千姿百态，倾心于它的清新之美。明朗的天空下，青山绿水绕，清泉石上流，优美的景色令人心旌摇荡，生命在瞬间涤清了风尘。我欣赏开在雨中的一朵花、立在山巅的一棵松、流在荒原的一行水、飘在天上的一朵云。它们姿态各异，自由自在，超尘脱世，随遇而安，淡然面对苍天大地，保持着远离喧嚣的静美。可雪落人群，也是孤寂的。纵然食遍人间烟火，也好似一枚遗世而独立的雪。这精灵从银碗里起舞，柔软的美，禅意的美，美到惊艳。每一场雪来，飘在我心间的，不是雪，而是一个邂逅或者是一场如饥似渴的约会。

（13）我静静地坐在窗前，捧着岁月清幽。真想捧雪煮茶，迷香透过神情，让心情安然，让一本茶事、书事、诗事融化于一盏盏香气氤氲中。茶无贵贱之分，而分合在于人心。是的，只要心静坦然，用大碗盛茶了，也会喝出雪的味道。透彻、光洁、玲珑剔透，直抵心间。

（14）雪，静静落在黄河上。大河远去，带走的不仅仅是雪花，而是一个个故事。时光之河缓缓流淌，思绪引航，或顺或逆，或停或行，道法自然。

（15）雪飘着，一下子又将我的思绪牵引回了儿时——

（16）儿时的冬天，残留在记忆中最多的莫过于下雪了。一进入冬季，居住在河西的我们就盼望着下雪，漫天的雪花飘飘，那才是冬天的景象，没有雪的冬天还是冬天吗？那时，冬天隔三岔五就会落下一场雪，或大或小。

（17）于是，不经意间在某个清晨起来，你就会看到地上已经落了厚厚的一层雪，那漫天的小精灵依然在纷纷扬扬地飘落。压抑住自己欣喜的心情，顾不上欣赏这美妙的雪景，拿起扫帚就扫起院落里的雪。

（18）这是儿时雪天在家里我最爱干的一件事了。从我记事起，好像每年冬天的扫雪全让我给承包了，从不让父母亲和其他家人插手。虽然每次扫雪手脚都冻得冰凉，可浑身却冒着热气流着汗，这种乐趣没有亲身体验过是很难体会的。那时家大院落也大，从大门外到后门外足足有五六十米长，要扫完雪需要花费些时间。

（19）我先把雪扫出一条路来，然后按照先前院、再后院、最后打扫大门外的顺序，将里外的雪打扫个干干净净，堆积在院子里每棵树的周围。院门外，则是各扫门前雪，家家户户扫着扫着就连在一起。

（20）等我扫完雪，母亲的早饭也做好了，我洗把脸吃完早饭，就和小伙伴们满世界疯去了。滑雪、打雪仗、堆雪人、雪地逮麻雀是每个雪天我们必玩的项目，不玩个昏天暗地决不肯罢休！直到母亲满世界地扯着嗓子喊着吃饭了，我们才依依不舍地分别回家。

（21）记忆中，儿时故乡的雪每次都下得很大。有时接连下几天，而且每次都埋过脚踝骨。记得上中学时，去学校要经过大片的树林。一个雪天的早晨我去上学，下了一晚上的大雪将路淹没了，天地间白茫茫一片。我趺趺撞撞地踩着前面的脚印走，等早上放学回家时天放亮了，才发现原来第一个走的人走岔了路，后面的人也都跟着走出了一条弯弯曲曲的路。

（22）踏在雪上，咯吱咯吱的声响，至今犹在耳畔。

（23）一场雪，飘飘洒洒，让大河上下顿时变得简洁明了。黄河像一条银色的飘带明净酣畅。河边的树木，琼枝玉花。万籁俱寂，任河水东流而去。流去的是时光，流不走的是记忆。一条流动的河，让时空开朗。

（24）雪落黄河，四野苍茫。此时，不禁想起了泰戈尔“死如秋叶之静美”的诗句。秋叶是一片叶子最后的风景，死亡是生命结束的时刻，死亡来临还要保持美的状态，未免过于凄美，震撼着人们的心灵。当然，“质本洁来还洁去”，当面对死亡之时，让自己的灵魂保持美丽，不仅是趋于高尚的人生，也是趋于美好的人生。静美涵养着一股内气，注重自己的内心修为，更多是一种精神的写照。

（25）每个人的心灵都需要滋养。在这个孕育的时节，我会迎着风，沿着蜿蜒的小路，来到旷野，在河边发呆，清新的空气扑面而来，融融的暖意流遍全身，一种美好的情愫在心中悄然滋长。幸运的是倘若遇上雨雪潇潇的日子，会选择一个僻静之处，屏气凝神，倚窗听雪，那轻盈的雪，宛如古筝弹奏出的旋律，清远悠长，丝丝入耳，让人荡起悠悠的情怀，享受一段美妙的时光。

（26）夜深人静，一丝微弱的光线从窗口透进室内，在地上洒上了几许清辉。习惯在无声的世界里，将自己的心事铺开，用温暖的文字，记录一段缱绻的情怀。如果说人生是一段旅途，快乐与忧伤就是那两条长长的铁轨，在我们身后紧紧相随。在乐观者的视线中，经常出现的是明快的色彩；而消极的人看到的，往往总是暗淡的影像。人生在世，难得的是那份自在和悠闲，那份可心和舒坦。雪在飘，思绪满天飞。

（27）没有雪的冬天还叫什么冬天呢？没有冬天的岁月叫什么岁月呢？总有南方的朋友带着炫耀的口吻说：“我们那里四季如春呢！”我听了一点也不羡慕，四季都不分明，那日子该有多混沌，就像人生只有一种味道，总有些乏味。有雪，冬天才有味道，有风韵。最好是一场大雪，就是“燕山雪花大如席”的那种，要不就是“昨夜忽飞三尺雪”的那种。可是，这座城市总是下点儿小雪，世界只是薄薄地敷了一层粉。雪像个顽皮的孩子，露了个影子就逃得无影无踪。整整一个冬天，没有那几天大雪封门的日子，就觉得时光太匆促了，匆促得连脚印都留不下一个。春雪，留下更多的是人们的喜悦和深呼吸。

（28）生活是一面镜子，你对着它笑它就笑，对着它哭它就哭。既然如此，我们不妨一路微笑前行，悠然从容地老去，唯愿岁月静好长驻人间，如唇边那抹恬淡的笑意，温馨如花，温情似水，柔柔和和，绵绵长长……

（29）等待大雪不期而至，偷得浮生半日闲，在洁白的雪世界中重回单纯宁静，回味悠长舒缓的旧时光，让心洗去尘埃，得到休憩。等待大雪来临，不只为看雪景，亦为了让雪把美好凝固。大雪纷飞，覆盖一切丑陋，让世界纯净。

（30）走出家门，来到黄河边，不仅仅是为了雪。伫立风中，我忽然有了感悟。看着河边的树，忽然间感到它们才是大自然中真正的智者。内敛睿智，丢弃一切琐碎，将生命的本质形态呈现出来，干练、简单、磊落，面对雪雨风霜，精气神十足，卓然屹立，更显骁勇刚劲。

（31）你看硬朗的枝条上，因白雪堆积，便柔润丰满了起来，洋洋洒洒，恣意率性。在冬日的天幕上，勾勒出一幅自然天成、意蕴无穷的书法作品，给人一种力量，昭示一种精神。一棵树，只有经历过无数个冬天，才能牢牢地扎根于大地，昂然挺立，独自撑起一方绿荫，让风有了琴弦，可以弹奏天籁之音；让鸟有了家园，可以繁衍生息；让空旷的大地有了一个醒目的标志。

（32）在苍凉的背景下，体态魁梧或绰约多姿的树，透出一种原始的、质朴的美。没有繁茂绿叶的装点，抑或艳花与硕果的牵累。繁华落尽，劲枝如剑直指苍穹，生命的原貌真实地袒露在天空下，凄凄冷风里彰显挺拔的风骨与不屈的灵魂。河边的树此刻是线条了，是国画了，那些线条里也表现了它们感觉到的寒冷。大地好像在沉睡，仿佛正在做梦。天地静，人的心也静，静得纷扰全无，杂念全无，烦恼全无，心底一池清澈、明净！

（33）雪，让世界增了色，添了柔。只是一场出其不意的雪，就让人们把冷漠、疲惫渐渐释放，快让我在雪地上撒野，与雪花撞个满怀。每个人有每个人的酣畅，每个人有每个人隐秘的欢乐。还有什么比在萧瑟中遭遇一场大雪更令人心旌荡漾呢？沉睡的土地，被雪花深情的拥吻惊醒，这是天与地的重逢；春天就要来了，这是天与地的秘语。白雪覆盖下，孕育着风情万种的美丽色彩。雪花优雅从容，天地在看似安静中萌动。土地深处的种子悄无声息地发芽，汇积成支撑天与地的力量。

（34）雪落无声，甚至遁形。虚无缥缈，只觉迎面湿润，沁人心脾。凝眸处，雪花幻化成薄雾，远处氤氲，近处只有呼吸。金城在悄无声息的飘雪中，酣然入眠，漫长沉静。心跳的声音逐渐明晰。雪花绽放，刺眼的白，四周都是空的。

（35）风吹着雪，暮色苍茫。一个个故事正在酝酿。

（36）雪花飘呀飘，金城到处都是雪，玉树琼枝，银楼玉宇，一切宛若仙境。黄河边树上的雪越积越多，枝头的雪还在簌簌地往下落，花落一般美。再荒僻的角落，也被雪厚厚地覆盖了，雪从来不会厚此薄彼，而是带给人间同样的洁白。一层一层，雪让世界突然间进入一个童话世界。金城如此多娇，在于兰山上，也在于白塔山上；在于大河上下，也在于笑逐颜开。幸福会留在人们心里，也会写在人们的脸上……就像雪花飞舞，滋润着每个人的心。

（37）不知是对冬天的眷恋，还是对春天的热恋。一场春雪就这样飘然而至。灯红雪白，中山桥静如处子一样，千娇百艳。雪仍在飘，惊艳了世界……纯白和寂静，霎时覆盖了这个喧嚣的世界，如此静美！

（38）“绿蚁新醅酒，红泥小火炉。晚来天欲雪，能饮一杯无？”雪落黄河之时，静居一隅，可以一个人捧着一杯酒，清点流光碎影，心也如雪一般纯净安宁。也可以静静地在窗前欣赏飞雪蹁跹，看银装素裹的世界，怀想一些悠远的往事。若是邀上三五好友，走进农家乐，温一壶酒，上几个菜，品酒酌饮，谈古论今；或无须言语，只是举杯聆听窗外雪花飘落的声音，凝眸一笑，生活的乐趣也大抵如此！

1. 请用自己的语言简要概括文段的主要内容。

2. 文段开头运用了哪种修辞手法？有什么作用？

3．作者回忆小时候家乡落雪扫雪的情景，有何用意？

4．试赏析“我欣赏开在雨中的一朵花、立在山巅的一棵松、流在天空的一朵云”里动词的特色，并分析与“可雪落人群……”此段的关系。

5．《雪落黄河》这篇文章仅仅是看雪景吗？它还带给你怎样的人生启迪？

参考答案：

1．本文主要描写了雪落黄河的美丽景象以及追忆雪落家乡的壮美情景，抒写了作者对大自然的热爱、对家乡的怀念之情。

2．文段开头用三个否定句“小雪没有飘雪，大雪没有飘雪，冬至，还是没有飘雪”，构成一个简洁版的排比句，酣畅淋漓地表达了金城的人对于雪的渴盼与期待，为下文雪落黄河埋下伏笔。

3．作者回忆小时候雪落家乡的插叙，既表达了作者对过往的怀念，也和雪落黄河形成鲜明的对比，进一步突出雪落黄河的欣喜，也暗含对气候变暖干燥、西部环境退化的担忧。

4．作者用三个富有动感的鲜活的动词“开”“立”“流”，形象地描摹出山花带雨的娇媚，青松挺拔的特质，行云流水般的状态。

5．《雪落黄河》当然不仅仅是一般意义上的写景散文，它通过雪地歪歪扭扭的脚印，隐喻人生之路的积极探索。通过雪埋葬一切丑的不美的事物，表达对于世界清明、灵魂洁净的美好期盼。这也是作者写此文的真正意义所在。

焉支流韵

（1）焉支山是一幅油画，远观比近看更和谐、丰韵，充满遐思，多了美感。

（2）每每回家，总想去拜谒盘桓在心间的那座名山，但总是因琐事缠身擦肩而过，留下遗憾。长假腾出身来，总算圆了心旅之梦，少了一份牵挂，多了无限感慨。

（3）焉支山是一部厚重的、穿越历史的作品，坐落在河西走廊峰腰地带的甘凉交界处，位于山丹县城东南40公里处，东西长约34公里，南北宽约20公里，自古就有“甘凉咽喉”之称。焉支山主峰百花岭，海拔3978米。焉支山又叫胭脂山，因山中生长一种花草，其汁液酷似胭脂，山中妇女用来描眉涂唇而得名。景区内松柏常青，草木葱茏，蜂飞蝶舞，鸟语花香，风光秀丽，景色宜人，有河西“小黄山”的美称。焉支山载入史册已久。先有公元前121年，汉武帝派年轻将领霍去病率兵西进，过焉支山，击败匈奴，夺得河西地区，打通了中原与西域交往的通道，自此，焉支山成为胜利的象征而载入史册。后有隋朝大业五年（609年），隋炀帝西行，登此山谒见西域二十七国使臣，在张掖举行“万国博览会”，甘州、凉州府派仕女歌舞队在路口朝迎，成为世界博览会最早的发源地而闻名天下。

（4）焉支山是祁连山的一个支脉，横卧于山丹与永昌之间，绵延起伏，蓄积着许多名贵动植物，是我国著名的自然风景区。

奇异的地形和植被，自然景色秀丽壮观，几百座大大小小的石林奇峰耸立其间，形态各异，有的像龙腾，有的像虎跃，有的像马奔，有的像熊伏……山中的自然风光和人文景观很是丰富，这其中最著名的依次是杨四郎泉、西北民族风情苑、玉皇观（前寺）、万佛殿、隋炀帝行宫遗址，钟山寺、百年焉支松和焉支玉溪等。

（5）汉武帝时，骠骑将军霍去病征战河西，“过焉支山千余里”，逐匈奴于大漠之北，于是就有了匈奴那首“亡我祁连山，使我六畜不蕃息；失我焉支山，使我妇女无颜色”的千古绝唱，焉支山的名声也就随着这首有名的胡歌而远扬了。焉支山，一个很好听的名字，仅仅因为这个名字，便心生几分喜欢。身临其境，更有一种莫名的喜欢：天是那样纯洁的蓝，水是那样透彻的清，草原更是一望无际的绿，仿佛手织的地毯，透着让人欣喜的梦幻般的童话色彩，就连草地上的羊群，也仿佛天上的繁星，点缀着美丽的草原，点缀着游人对草原美丽的渴望。

（6）金秋季节，是焉支山一年中最勾人心魄的季节。明净的天空，丰硕的秋果，醉人的阳光，山挺拔秀美，五彩斑斓；水多情柔润，静静流淌，一切只与心情有关。

（7）初秋的阳光，慵懒地洒在午后的焉支山上。哗哗的小溪流水带着淡淡的秋意一路欢唱着，而不远处的松树林偶尔传来游人的嬉闹声，使整个山谷形成动静结合的美。远景、近景层次分明，像一幅流动的山水画，人在画中，画在心中。在两山对峙的峡间，一泓清泉淙淙流淌，清澈见底，水间有许多大石，吞吐成音。夹峡松山，争高直指，千百成峰。松林间一些低矮的灌木生出各色杂花，星星点点掩映在枝头，耀得让人心醉，世外桃源般的清爽沉醉了每一个人。听导游讲杨四郎泉、百花池等景点的传说，引人入胜。顺峡而下，或沿峡水而行，或穿松林嬉游，且走且看。马莲滩是花开最繁盛的地方，在峡谷的一个平缓的地带，密密地形成了一个花海，淡雅的花瓣，清幽的花香，丝丝缕缕弥散在清风中，让人神醉。阵阵松涛从山谷滚滚而来，顷刻间，绿风浩荡，给人以天地无限广阔之风韵。胭脂的妩媚，丝绸的光芒，马背英雄孔武彪悍的魂魄总在人们心中。仰卧于焉支山茵茵的软草之上，透过温馨的阳光，正凌驾在苍翠的峰峦之间，艺术与自然在这里神秘地融在了一起，顿觉心静舒畅，兴致沓来，仿佛置身于千古不灭的乐土之中……

（8）焉支山有肤、有血、有语言、有慨叹，焉支山是一个活脱脱的生命群，她行走在时间的琴弦上，倾听天籁，倾听月光的诉说、狂风的呼啸、白雪的吟诵。峡谷的水清澈，比水晶还要剔透，她蜿蜒着，欢乐着，挟着流云，漾着树影，捎着鸟声，沐着阳光，捧着月晕，长歌一腔，低语一阕，阅山听水也是一种极致的享受。

（9）焉支山是一处看不够的风景，一部读不完的书卷。焉支山，山有山的故事，水有水的传奇，一棵草，一个传说；一块石，一段历史。可谓一山故事一山歌。这故事、这歌都在静静地等待着有心人的聆听！鸟有善翔者，鱼有善游者，兽有善搏者，人有善生者。伫立在万寿岩前，伴着淙淙流水，凝眸翠松红叶，我想鸟善翔者则俯凌霄，鱼善游者则穷渊薮，兽善搏者则王于森林，人善生者则知况味。其实，很多人都不知自己所处的位置，不知走向何方，但是萧瑟的秋风染红叶子之后，便是皑皑白雪覆盖的苍茫大地。秋天的焉支山更加多情，你看看她羞涩的红晕，染得山崖红了半壁脸。

（10）“虽居焉支山，不到溯雪寒。”唐代诗人李白在此留下的绝句，更耐人寻味。焉支山南屏白雪压顶的祁连冰峰，北倚岩石裸露的龙首山岭。两山对峙而望，其个性极为鲜明，龙首山山石裸露，寸草不生，祁连山青黛如墨，林茂草丰。前者挡住了巴丹吉林沙漠的南袭，后者扼住了青藏高原的北移，焉支山正安详地坐落在两山之间，犹如躺在父母中间的婴儿，天真无忧，幸福无比。流连于这层峦叠嶂、绵延无际的绿色中，把焉支山下昔日皇家的军马场，连同焉支山上的汉唐之柏、宋元古树连接在一起，用尽力气也读不出霍去病将军曾以“千里不运粮，百里不运草”的焉支山为绿色大本营，挥鞭纵马，以秋风打落叶之势，把人丁兴旺、牛羊遍野的匈奴民族追逐到大漠以北，从此匈奴漠南无王庭的悲壮；也没有捡拾到隋帝艰难地穿越六月飞雪的大斗拔谷，御驾亲临焉支山，调集数千美女，迎接西域二十七国王公使节，举办万国博览会的遗贝。但一个把史诗写在马背上的匈奴民族，失去生存的命脉——焉支山后，发出“亡我祁连山，使我六畜不蕃息；失我焉支山，使我妇女无颜色……”的哀叹，却如暮鼓晨钟，穿越数千年的岁月，至今仍然在青山绿水中回荡。啊，焉支山，是一座散发着历史沉香的山；焉支山，是一座撩拨男人心房的山！上得山来，只觉得相见恨晚！

（11）是的，心里惦念着窈窕淑女般纯真的红蓝草，循着重量级的边塞诗人王维当年踏着山清水秀、吟诗作赋的履痕，我来到了焉支山顶传说中的百花池边。王维，这位被称作“诗佛”的人，也是一代书画大师。在自由逍遥地攀山道涌动诗兴时，忽然，一池荡漾的水波迎面撞入视野，水的中央，亭亭玉立着一位穿红着绿的纤纤秀女，王维欣喜若狂，但向前驻足细看，却是一株胭脂花。王维顿觉心旷神怡，当众吟诗作画，池水、胭脂花即可就成之时，突然，一只飞鸟落到颜料盒中，随即又跳到画面上，众人来不及收拾，正在感叹之际，王维大叫奇妙。原来，飞鸟的爪印正好踩出斑斑花色，从此，胭脂池百花争奇斗妍，山花四野相闻，松柏掩映，流水潺潺……绕“百花池”缓步，层林深处的寂静和着布谷的鸣声由远而近，我眼前的景物本已如画了，但“祁连雪皑皑，焉支草茵茵”如诗的景象又在我的心头涌动。这样的高山流水，可藏龙，可卧虎，是剽悍的游牧民族耀武扬威的乐园，是养育雪肤玉貌绝代佳人的风水宝地。

（12）焉支山下是很难尽收眼底的一片大草滩，山清水远的时光里，匈奴昆邪王在这片风吹草低、牛羊如云的土地上，豪气十足地牧马屯兵，修养血性，大块食肉、大碗饮酒地享受。酒足饭饱后，气力无处发泄之时便沙场点兵，扬鞭纵马，燃烽火，点狼烟，角号声中，发兵南下，直奔西汉王朝的心脏。但他们的兵马还没来得及用喝马奶酒的大碗换上春江花月夜的小玉杯，就被大汉王朝的豪气挡在了长城以北。

（13）古老与新生的链条如此缠绵地衔接着。“不教胡马度阴山”的功过是非，已被重重叠叠的时间压在了没有实际意义的昨天，在漫山遍野、争奇斗艳的花草中，谁也没有准确地认出来哪一朵山花是胭脂花，但雕刻在我心间的“失我焉支山，使我妇女无颜色”的一声慨叹，还有那一山仍然鲜活的流水、一山青春的绿色、一山的湿润、一山的宁静，都像叮咚而来的流水细细地滋润着我的心田，照耀着我的灵魂，使我真切地感受到焉支山养育英雄的刚强与美女柔情的源远流长……

（14）焉支山下曾经蔚然大气、匈奴人牧羊放马的大草滩，借着超越时代的一山灵气，此刻，一望无垠的油菜花正孕育着人们新生活的元素。数十万亩黄色的花朵编织成一幅幅精美的锦缎，柔柔地铺展在山环水绕的土地上，山南海北的养蜂人在这里为人们增添着生活的蜜意，饱满的青稞酿造着醉人的美酒，还有那穿越历史的牧歌，正在焉支山头缭绕，把马背上写意的故事从古说到今……

（15）焉支山是一座神奇的山，感谢造物主为我们创造了一座焉支山。“云想衣裳花想容”，焉支山上盛产的胭脂花，又为男人一刻也离不开女人制造了一条动人心弦的理由。

（16）下山时，蓦然回首，一轮橘红色的太阳巨大而温馨，慢慢地从天际消失在地平线上。彩霞满天，锦绣万里。停下脚步，好想夜宿焉支山，聆听匈奴铁骑阵阵踏梦而来，遥看月映下涂着胭脂娇羞的妇女容颜。西沉的夕阳，催促着我们下山的步伐。日子仍在继续，唯有风景因心而动。记忆是美好的留声机，值得灵魂为之粉身碎骨。

1．请从修辞的角度赏析“峡谷的水清澈，比水晶还要剔透，它蜿蜒着，欢乐着，挟着流云，漾着树影，捎着鸟声，沐着阳光，捧着月晕，长歌一腔，低语一阕”这句话。

2．找出文中作者的游程线索，并说出这样写的好处。

3．焉支山下作者主要写了哪些具象？产生了怎样的感受？

4．试分析“焉支山有肤、有血、有语言、有慨叹”这句话的语言特色。

5．为什么说焉支山是一座散发着历史沉香的山，是一座撩拨男人心房的山？

参考答案：

1．这段话运用对比、拟人、排比的修辞手法，表现出作者对峡谷水清澈见底、倒影历历的陶醉之情。用水晶做对比，更突出溪水的清。用鲜活且富有生趣的动词，句式工整地排列出“蜿蜒”“欢乐”“挟”“漾”“捎”“沐”“捧”“长歌”“低语”等词，拟人化地勾画了一幅溪水明如镜、镜中有声有色的动态佳境。排比的运用使语句整齐有韵，读来很有节奏感，使溪水的清澈得到了淋漓尽致的表达。

2．文中作者的游程线索是“顺溪水而下、沿水而行、绕百花池缓步、夕阳西下返回”。清晰的游线图，使文章脉络清楚，结构严谨。

3．焉支山下作者着力写了大草滩的肥美、油菜花的壮美、彩霞的绚美、养蜂人的心灵美——酿酒采蜜，勾兑生活，为人们的生活奉献甘甜醇美，由此产生了对大自然和养蜂人的感恩情怀。

4．因为焉支山“松柏常青，草木葱茏”“秋风尽染，染得山崖红了半壁”，它既是有色的，又有感知的。“有血”是因为焉支山厚重的历史感。“有慨叹”是因为焉支山“亡我祁连山，使我六畜不蕃息；失我焉支山，使我妇女无颜色”的哀恸沧桑感。拟人化的运用，使焉支山散发着生命的气息和历史的沉香。

5．焉支山“散发着历史的沉香”是因为汉末名将霍去病逐鹿河西、驱逐匈奴、勾连丝绸之路的宏大历史事件。焉支山之所以被称为“撩拨男人心房的山”，是因为隋帝六月御驾亲临焉支山，调集数千美女，迎接西域二十七国王公使节，举办万国博览会的历史遗贝，更因为焉支山散发着美女胭脂般姿色的美。